ŞEYTAN'IN EMANETİ
"İLK HAMLE"

Şeytan'ın Emaneti - İlk Hamle

Yasin Güneş

Published by Yasin Güneş, 2024.

ŞEYTAN'IN EMANETI - İLK HAMLE

First edition. June 12, 2024.

Copyright © 2024 Yasin Güneş.

ISBN: 979-8227574978

Written by Yasin Güneş.

Also by Yasin Güneş

Sil Baştan Aşk
Zervan - Doğumu ve Ölümü Belli Olmayan
Start Over Love
Zervan - Birth and Death Unknown
Onlar - İlk Hamle
Satan's Legacy - First Move
Journey of Inspiration - Personal Development Stories
L'héritage De Satan - Premier Geste
Satans Vermächtnis - Erster Zug
Zervan - Doğumu ve Ölümü Belli Olmayan
Şeytan'ın Emaneti - İlk Hamle

Watch for more at yasin-gunes.com.

İçerik tablosu

"İmparatorluklar saltanatla yönetilirken; demokrasilerde ülkeyi kimin yöneteceğini medya belirler. Ama **_Onlar_**'ı sadece en zekiler yönetir. **_Onlar_** da Dünya'yı..."

"Büyük beyinler fikirleri, orta beyinler olayları, küçük beyinler kişileri konuşur."

Hyman G. Ricover

"Babamı öldürdüler. Eğer birileri babanı öldürürse sana intikam almak düşer. Ne zaman ve nasıl olacağını bilmiyorum ama intikam alacağımı biliyorum."

Yakup Ali Karaeren

İstanbul – Fatih
1992

Yumuşak özlü çamur, yaşlı adamın kırışık ama bir o kadar da maharetli elleri arasında giderek güzel bir görünüm kazanan vazoya dönüşürken; hızlı bir şekilde dönmeye devam ediyordu. Arif Efendi, ellerini çömlekten ayırmadan küçük atölyesinde kendisine zamanı hatırlatan sarkaçlı duvar saatine bakınca, biraz daha hızlı olmaya karar verdi. Yıllardan beridir İstanbul'un zamana meydan okuyan ilçesi Fatih'te çömlekçilik sanatıyla uğraşıyordu. Saf çamura şekil vererek güzel bir görünüm kazandırmakla, küçük bir çocuğu eğiterek yetişkin ve bilgin bir adama dönüştürmek konusunda fark görmezdi. En nihayetinde insanda, çamurda sahibinin ellerinde şekillenir belki iyi belki de kötü bir görünüm kazanırdı. Henüz kurumamış bir çömleğe yemek koymakla, aklının kavrayamayacağı bir yaşta olan bir insana fazla bilgi yüklemek aynı sonucu doğururdu. Çömlek yemeği, insan da bilgiyi akıtırdı. Arif Efendi belki şu anda uğraştığı vazonun olgunluğu hakkında emin değildi. Ama yıllar önce sokaklardan bulup, yetiştirerek hayatlarını değiştirdiği üç talebesinin artık olgunlaştığından ve onlara vereceği emanetlerin ağırlığını kaldıracaklarından şüphe duymuyordu. En azından inanmak istediği şey buydu. Çünkü; öksürdüğü zaman elinde tuttuğu peçeteye gelen kandan fazla zamanı kalmadığını tahmin edebiliyordu.

İ stanbul – 2012
    Bu gece...
    ''Uğur Böceği – Başlıyor!''

Programın jeneriği ekranda yaklaşık iki dakikadır dönerken; bitmeye yakın anında bir anons gibi girmişti ses. Girer girmez de televizyonun başındaki yatakta bağdaş kurup oturan iki kız ekrana odaklandı. Tam bu esnada odaya giren Beyza, ekrandaki programı görünce; "Off kızlar!" diye söylenip; köşedeki koltuğa oturdu. "Öbür kanalda yabancı film vardı onu açsanıza."

Melek ve Sinem önce ortak bir bakış attılar Beyza'ya. Sonra da söz birliği etmişçesine; "Amma sıkıcısın Beyza!" dediler. "Bu program çok eğlenceli! İzlemiyorum deme sakın!"

Beyza, "İzlemiyorum." dedi ilk önce. Sonra üç kişi kaldıkları bu evde, çoğunluğun sözünün geçtiği kuralını hatırlayıp; "Ama bu gece mecbur izleyeceğim." diye ekledi.

Bu arada programın yapımcısı Uğur Ateş her zamanki gibi briyantinli, geriye doğru yapıştırdığı saçlarıyla, dumanların arasında gözüküp, alkışlar eşliğinde sahneye gelince, gözler ona çevrildi.

Eksantrik hareketleriyle sahnenin dört bir yanını dolaşıp, seyircilerin enerjisini arttırdı. Sonra olduğu yerde durup; gülen yüzüyle kameranın yaklaşmasını beklerken, "Arkadaşlar!" diye bağırdı. "Önce ekran başındaki konuklar, daha sonra stüdyodaki konuklar... Hoş geldiniz!"

Cümlesini tamamlar tamamlamaz stüdyoda çığlık ve alkış tufanı koptu.

"Teşekkür ederiz." diyerek alkışı susturup; "Nasılsınız?!" diye sordu bu defa. Beklediği coşkuyu alamayınca da "Efendim?!" diyerek yineledi. Ve stüdyodakilerin hepsinden "İyiyiz!" nidaları yükseldi. "Bende iyiyim sağ olun! O zaman herkes iyi olduğuna göre; Uğur Ateş'le Uğur Böceği Başlasın mı?!"

"Başlasın!" nidalarıyla birlikte tekrar alkış koptu stüdyoda. Ve birkaç saniye sonra internetten yayınladığı erotik resimlerle yeniden meşhur olan; Nilay Cebeli programın ilk konuğu olarak davet edildi.

Programın başlamasından bu yana yaklaşık on dakika geçmişti. Programın yapımcısı Uğur Ateş, bu dakikalar içinde Nilay Cebeli'ye birkaç uyduruk soru haricinde genel olarak internetteki fotoğrafları hangi amaçla koyduğuyla alakalı sorular soruyordu. Son bir iki dakikada programın hızı oldukça yavaşlamış olacak ki; Uğur Ateş hatta programa katılmak isteyen bir seyirci olduğunu söyleyip; konuşmayı yarıda kesti ve oturduğu yerden kalkıp; gezgin kameraya doğru yöneldi.

Bu arada Beyza'da arkadaşlarına kanalı değiştirmeleri konusunda; baskı yapıyordu.

"Evet. Hattımızda İstanbul'dan Leyla Altay var. Leyla Hanım iyi geceler."

"İyi geceler Uğur." Hattaki kadının coşkulu sesi stüdyoda yine kahkaha tufanına yol açınca; Uğur Ateş tuhaf bir mimik yapıp, bir kez daha "Leyla Hanım?" diye seslendi. Coşkulu bir "Efendim." yanıtı alınca; seyircilere dönüp, "Stüdyonun coşkusu seyirciye yansımış güzel." diye fısıldadı. Bu arada arkada kendine ayrılan yerde oturan Nilay Cebeli "Benim coşkum olmasın o Uğur?" diye mırıldanınca; bir kez daha alkışlar ve orkestra devreye girdi. Uğur da arkasına dönüp; "Olabilir." diye söylenip; gezgin kameraya döndü. "Leyla Hanım nasılsınız?"

"Teşekkür ederim. Siz nasılsınız?"

"Bizde iyiyiz sağ olun. Evet, buyurun Leyla Hanım. Bu coşkunun sebebini kime borçluyuz?"

Kadın, "Aslında bu coşkunun sebebi sizle alakalı Uğur Bey." deyince; Uğur Ateş hemen arkasındaki Nilay Cebeli'ye imalı bir bakış atıp; tekrar kameraya döndü. Bu arada televizyonu izleyen üçlüden; Sinem "Off. Çok salak kız bu!" diye mırıldandı. Beyza'dan "Aynen." yanıtı gecikmedi.

"Coşkumun sebebini öğrenince sizde heyecanlanacaksınız Uğur Bey." diyerek alkışları böldü Leyla. Bu arada ekranda adının yazdığı bantta programın maskotu olan siyah benekli uğur böceği soldan sağa, dolaşıp duruyordu.

"Şimdiden heyecanlandım." dedi Uğur. "Evet. Benle alakalı olan coşkunuzun sebebi ne olabilir? Yoksa... Bana aşık mısınız?"

Sözlerini tamamlayınca; hemen seyirciye dönüp, "Çok kötü oldu bu! Kabul ediyorum." dedi. "Leyla Hanım kapatmadınız değil mi telefonu?"

"Hayır."

"Eee. O zaman beni heyecanlandıracak şeyi alabilir miyiz sizden?"

Leyla Altay'ın sesi bir ara kesildi sonra kadının ses tonu birden ciddileşmeye başladı. "Efendin yirmi yıl önce arkasında birini bıraktı. Ve O bugün geri döndü!" diye mırıldandı.

Uğur Ateş hiçbir şey anlamadığını belirten bir mimik yapıp; "Efendim yirmi yıl önce arkasında birini bıraktı. Ve bıraktığı kişi geri döndü. İlginç... Evet?" dedi. Ardından;

"Leyla Hanım bu arada yazar mısınız?" diye sordu.

"Hayır."

"Bana öyle geldi de. Çünkü; şu anda söyledikleriniz kafamda en ufak bir şey canlandırmadı. Yani bunun yerine âşık olmanızı tercih ederdim."

Seyircilerden bazıları güldü. Bu arada rejiden Uğur Ateş'e "Hattan alalım mı?" önerisi gelmiş ama Uğur Ateş onaylamamıştı.

"Şu anda bende stüdyodayım." diye fısıldadı alkışların arasından Leyla.

Bunun üzerine; Uğur Ateş derin bir nefes alıp, işi şakaya vurdu. "Evet arkadaşlar. Beni heyecanlandıran şeyi de öğrenmiş olduk böylece. Reytinglerimiz de bu kadar kötü demek ki! Yani bağlaya bağlaya stüdyodan birini bağladığımıza göre..."

Stüdyodaki seyirciler ve orkestrada işi şakaya vurmaya başlamışken; "Henüz sizi heyecanlandıracak şeyi söylemedim." dedi Leyla. Uğur Ateş'te; "Leyla bence sen telefonu kapat. Madem stüdyodasın direk sahneye alalım seni!" diye karşılık verdi.

Onun sözlerinden sonra; telefondan ses gelmedi bir süre. Sonra kadının artık kalınlaşan ses tonu yankılandı stüdyoda. "1992 yılında arkasında bıraktığı o adamın, alacağı intikamın ilk kurbanı sen olacaksın! Bu gece!"

Stüdyo ve programın izlendiği evlerin hepsi bir anda sessizliğe boğuldu. Ama asıl şoku Uğur Ateş yaşıyordu şimdi. Kendisinden saklanan bir şaka olabileceğini düşündü ilk önce. Ama orkestra ve seyirci de devreye girmemişti bu defa. Tüylerinin ürperdiğini hissedebiliyorken; öylece donakaldı ekranda. Sonra; "Arka... Arkadaşlar alın hattan!" diye mırıldandı. Ama telefon zaten hattı değildi artık. Yaşadığı şokun etkisi giderek artarken; "Reklama girin!" diye bağırdı bu defa. "Girsenize reklama!"

"**O**da neydi be!"

Melek'in tepkisine; "Kesin delinin teki şaka yapmıştır." diyerek karşılık verdi Sinem.

Beyza oturduğu koltuktan doğrulup; odasına doğru giderken, "Sanmıyorum. Çok korktu sizin Uğur'unuz." diye söylendi. Bu arada kumral saçlarını bir arada tutan siyah tokasına da çıkarmış; saçlarını özgürlüğü kavuşturmuştu.

"Yok be kızım. İncir Sözlük diye bir site var. Onların işidir kesin bu!" diyerek iddiasını yineledi Sinem. Melek ise; Beyza'nın ayaklandığını görünce, "Sen nereye gidiyorsun? Yatmaya mı?" diye sordu.

"Evet. Yatacağım hemen. Sabahtan beridir ona yapma buna etme diye diye başım davul gibi şişti."

Beyza'nın konuşmasından sonra güldü Sinem. "Kolay mı kızım bir sürü yumurcağa okuma yazma öğretmek. Neyse hadi git yat sen! Biz de senin şu bahsettiğin filmi izleyelim."

"Çok gıcıksınız." dedi Beyza. Ardından elleriyle saçlarını karıştırıp; "Neyse hadi iyi geceler size." diye söylendi ve yatağının bulunduğu odaya gitti.

Stüdyoda "Uğur Böceği"ni izlemeye gelen insanların hepsi şaşkınlıkla olan biteni seyrediyordu. Önce kendilerine programın bu dakika itibariyle sonlandırıldığı haberi verilmiş daha sonra ise; D TV'ye intikal eden polis ekibi, sırayla üstlerini aramaya başlamıştı. Kuliste ise; Uğur Ateş yaşadığı şokun ardından kendine gelmeye çalışıyordu. "Programa devam edemem abla! Gerekirse; kanal sahibi gelsin anladın mı? Bu ne biçim olaydır ya hu?"

Reji ekibinden; herkesin ablası olarak bilinen kırklı yaşlarında Zehra vardı karşısında. O da Uğur'u dinleyip; elindeki su bardağını uzattı. "Tamam Uğur sakinleş artık! Program devam etmiyor zaten film girdiler. Hem polis de geldi. Numarayı da verdik araştırıyorlar."

"Kolaysa sen sakinleş! Senden başka kimseyi istemiyorum abla. Gelmesin kimse. Bak yemin ediyorum, bu işin altından o ergen veletler çıksın var ya..."

Zehra; "Tamam suyunu iç hadi." diye yineleyince; imalı bir şekilde su bardağına baktı Uğur. Sonra bardağı masanın üzerine bırakıp; "İçmiyorum." dedi. "Açılmamış şişe içinde gelsin."

Uğur Ateş'in, bağladığı telefon sonucunda programın birdenbire bitirilmesi her gece sıcak haber adı altında eski haberleri veren kanalların da işine gelmiş ve o haber bültenlerini sunan anchormanlerin hepsi de iştahla gecenin haberini daha doğrusu Uğur Ateş'in başına gelen talihsiz kazayı konuşur olmuşlardı. Ama Leyla adıyla bağlanan seyircinin 1992 yılı ve Efendi kelimesine yaptığı vurgu onlar tarafından pek de fark edilmiş değildi. Haberleri izleyen seyircilerinde umurunda değildi bu. Onların birçoğu Uğur Ateş'in telefonun kesilmesinden hemen sonraki oluşan surat ifadesine gülmekle meşguldü. Ama içlerinden biri, durumun kendilerini ilgilendirdiğinin farkına varmış ve ekrana dikkat kesilmişti. Bu adam, Emekli Banka Veznedarı Kâtip Demir olarak tanınıyordu gerçek hayatında. Emekli Banka Veznedarı... Bu zincirleme isim tamlaması aslında tamamen bir maskeden ibaretti. Gerçekte hiç kimsenin tahmin edemeyeceği türden bir adamdı. Bugüne kadar hiç evlenmemişti. Yasak ilişkiden doğan bir çocuğu da yoktu. Atmış yaşında olmasına rağmen, saçları dökülmemiş ama tamamen beyazlamıştı. O saçları nasıl ve nerede beyazlattığı da bir sırdı. O sırlardan biri Yedilerin Veziri olduğuydu. Yedilerin lideri ise; "Efendi"ydi. Ama şimdi gözleri yanlış görmüyorsa; bu ülke sınırlarında yaşayan insanlardan biri Efendi'den bahsediyor ve açıkça kendilerine bir mesaj veriyordu. Aklı soru işaretleriyle dolarken; neredeyse hepsi bir antika değeri taşıyan eşyalarının arasından en yenilerinden biri olan kumandayı kanepeye bırakıp; telefona sarıldı.

Eminönü Yeni Camii'nin önündeki büyük meydanda saatler gece yarısına yaklaşırken; dükkanların çoğu kepenk indirmiş, vampirler gibi sadece geceleri ortaya çıkan yaymacılar belirmişti meydanda. Sokağın bir tarafında onlar, karşı tarafında ise; balık ekmek satan tezgahlar vardı. Tabii onların önünde de turşucular eksik olmuyordu. Bu arada Camii'nin hemen sağında kalan henüz kepenk indirmemiş; "Düşler Oyuncak" adlı oyuncakçı dükkânı bu saatte açık olmasına şükran duyan tek müşterisi olan yirmili yaşlarındaki delikanlıyı ağırlıyordu.

Telaşla tüm oyuncaklara göz gezdiriyordu delikanlı. Aceleci hareketleri, onun unutkanlığı ele veriyorken; bir yandan da sürekli saatine bakması geç kaldığını işaret ediyordu.

Dükkânın kasa bölümündeki gözlüklü, yer yer saçları dökülmüş, yumuşak mizaca sahip, her halinden temiz ve düzen sahibi gözüken adam ise; onun aceleci hareketlerini tebessümle seyrediyordu.

Gencin tercih etmekte oldukça zorlandığını fark edip; gözlüklerini çıkardı ve "Aradığını bulamadın sanırım delikanlı." diye mırıldandı.

"Aslında buldum ama maalesef alamayacağım." diyerek mahcup bir şekilde cevapladı delikanlı.

Adam bunun üzerine kaşlarını çatıp; "Nedenmiş o?" diye sordu.

"Bunu alacak param yok." dedi delikanlı. Eliyle gösterdiği gösterişli paketin içinde uzaktan kumandalı siyah bir araba duruyordu. Sözlerini tamamladıktan sonra; istemsizce ellerini cebine götürdü. Ve tam tamına altı lira yetmiş kuruşu olduğunu fark edip; "Hatta yarısına bile yetmiyor." diye ekledi.

Kasadaki adam, gencin sözlerinden sonra gülümseyerek; "O oyuncak senin için ne kadar önemli?" diye sordu.

"Dört yaşında bir kardeşim var." dedi delikanlı. "Annem başka evlere temizliğe giderken; onu da götürüyor. Çocuk işte bir gün, görmüş evlerin birinde. Aynısından istemiş ama annemle babam pek üstüne gitmeyip; ağabeyin getirecek demişler. Ben İstanbul'da kalmıyorum. Manisa'da okuyorum. Onunla ne zaman telefonla konuşsak; araba getireceksin değil mi ağabey diye soruyordu. Ben getireceğim diyordum. Ama gerçekte otobüs paramı zor denkleştirdim. Hatta bu gece çok geç gitmeyi düşünüyordum eve. Sizin dükkânı açık görünce; öylesine girdim. Neyse sizin de başınızı şişirdim sanırım. Kolay gelsin." diyerek çıkışa yöneliyordu ki; "Delikanlı!" diye seslendi Dükkânın sahibi. Çocuk kendisine dönünce; "O oyuncak benim için o kadar önemli değil." dedi. "Senin için çok daha değerli. Alabilirsin onu para istemiyorum."

"Ama?" diye şüpheli ve mahcup bir şekilde sordu delikanlı. Adam "Al." anlamında kafa sallayınca; "Çok teşekkür ederim. Gerçekten teşekkür ederim." dedi. "Size bir gün bunun parasını öderim. Söz veriyorum."

"Gerek yok." dedi adam. Ardından; "Getir onu güzel bir paket yapalım." diye ekledi.

Parlak gümüşümsü, üzerinde çocuksu desenler olan hediye kağıdıyla kutunun dört bir yerini sarıyordu şimdi. Delikanlı ise onun tam karşısında heyecanla beklerken; "Genelde bu saate kadar hiçbir dükkân açık olmazdı." diye söylendi.

"Evet." dedi adam. "Ama bugün sayım günü! Dört çalışanım vardı. Hepsi de senin gibi delikanlı. Onları evlerine gönderdim. Sayım işi biraz sıkıcıdır. Ama sonunda bitirebildim." dedi. Ardından "Bu da senin şansınmış." diye ekledi. Bu arada paketleme işini bitirmiş; "Al bakalım." diyerek kutuyu uzatmıştı. Delikanlı bir kez daha teşekkür edip; adama adını sordu. "Yavuz

Alp." cevabını aldığında kendi adını söyledi. Adı; "Ömer Şen."di. Artık tam dükkânı terk etmeye yönelmişti ki; son bir kez, "Ömer!" diye seslendi Yavuz. Ömer kendine dönünce de "Kardeşine bir söz verdiğinde o sözü mutlaka tut!" diye konuştu. "Çünkü; kardeşlerin gözünde ağabeyler masal kahramanı gibidir. Ve hiç kimse en sevdiği kahramanın ölmesini istemez."

Kafasını anlamlı bir şekilde sallayıp; dükkânı terk etti Ömer.

Ömer'in dükkânı terk edişinden hemen sonra yüzündeki gülümseme ifadesi silinmiş; eskiye dair anıları ise tamamen kaybolmuştu Yavuz'un. Aradan geçen yirmi yıl içinde o kadar çok şey yapmıştı ki! Ve bunları yaparken; hiç gülümsediğini hatırlamıyordu. 49 yıllık hayatı boyunca hiçbir zaman elindekiyle yetinmemişti. Ona her şeyin en iyisi ve en yükseğini isteten içindeki bu güçlü arzu; bu gücün karşılığında kolay kolay hiç kimsenin cesaret edemeyeceği şeyler yaptırmıştı. Ama hala hedeflediği yere ulaşmış sayılmazdı. Aradan geçen on dokuz yıl içinde; "Onlar." hakkında hiçbir fikri yoktu hala. Onlar kendine ulaşmadan da olması imkansızdı. Buna rağmen kabullenme duygusu denen duyguya hiç kapılmamış ve kendi "Onları"nı kurmuştu. Adına "Yediler" dediği ve ulaşmaya çalıştığı topluluk kadar güçleneceğini hayal ettiği bir Seçilmişler Kulübü. Sonuç olarak; "Onlar"ın kendisine bıraktığı daha doğrusu ele geçirdiği; pusulayla hükmediyordu Yedilere. Ama henüz tam anlamıyla tatmin olmuş sayılmazdı. Bunları düşünürken birdenbire hayal kırıklığıyla; kafasını sallayıp, kahverengi kadife ceketinin düğmesini ilikledikten sonra oturduğu sandalyeden kalkmıştı ki; masanın üzerindeki cep telefonu çalmaya başladı. Arayan numara isim olarak kayıtlı olmamasına rağmen kimin aradığı konusunda en ufak bir tereddüdü yoktu. Onun hangi günde hangi numarayı kullanacağı ve hangi numaradan kimin aradığı çok öncelerden belirlenmişti.

Telefonu açar açmaz "Sanırım bir sorunumuz var Efendim." dedi telefonun öbür ucundaki ses. Efendi'sinden ses gelmeyince de durumu özetledi. Bu süre içinde; Yavuz'da masanın üzerindeki laptoptan durumu teyit edip; programa bağlanan kişinin söylediklerini dinlemişti. Yavuz içindeki arzunun tekrar harekete geçtiğini hissedebiliyor ama hiçbir şekilde bunu yansıtmıyordu şimdi. Bir ara tekrar Leyla Altay'ın sözlerine odaklanmıştı ki; "Ne yapmamızı istiyorsunuz?" diye sordu Kâtip. Yavuz bir süre sessiz kalıp; "Ona ulaşabildin mi?" diye sordu. "Hayır Efendim. Ulaşamıyoruz." yanıtını alınca da "O halde ulaşmanı istiyorum." dedi. "Ve yarın Yediler bir araya gelecek! Ama Kâtip... Yedi dedim anladın değil mi?"

Kâtip tereddüdünü sesine yansıtmayarak; "Çok iyi anladım Efendim." dedi. Ve telefon kapandı.

Yavuz önündeki laptoptan bir kez daha görüntüleri izliyordu şimdi. Bunu yaparken; bir ara tekrar gülümseyip, "Bende seni bekliyordum." diye mırıldandı. Sonra laptopu kapatıp; "İşte ortaya çıktın." diye ekledi.

İstanbul – Fatih
1992

Yakup Ali, babasının yattığı odadan yükselen alarm sesini duyduğunda bedenini saran battaniyenin içine biraz daha gömüldü. O da birçok insan gibi sabah uykusunun insanı çevreleyen tatlı hissini son ana kadar yaşamak istiyordu. İlkokula giden neredeyse her çocuk için hafta içi böyle başlardı. Onun için farklı olan tek nokta ise; altı ay öncesine kadar annesinin sesiyle uyanırken; artık babasının sesiyle uyanıyor oluşuydu. Onun çocuk aklı; hala annesini bu kadar erken kaybetmesinin sebebini anlayamıyor ve kanser denen illete giderek büyüyen bir düşmanlık besliyordu.

Yatağın hemen yanındaki masada zırlamaya devam eden yeşil renkli çalar saati geçte olsa duyabilmişti Osman. Duyar duymaz da gözlerini açmadan tek el darbesiyle susturdu. Birkaç saniye içinde de yataktan doğruldu ve göz kapaklarına saklanan çapakları ovuşturarak lavaboya doğru yürüdü.

Dakikalar içinde yüzünü soğuk suyla yıkamış ve mutfağa geçip çay suyunu koymuştu. Artık geriye sadece pastaneye gidip, simit ve poğaça almak kalıyordu. Gri ceketini ve aynı renk kumaş pantolonunu giyip, evi terk edecekken son anda odanın kapısını aralayıp, Yakup Ali'ye baktı. Çocuğun uyurken ki hali bir kez daha kısa zaman önce ölen karısı Tuğba'yı hatırlatınca buruk bir şekilde gülümsedi. Ve hatıraların zihnine üşüşmesini engellemek için, kapıyı kapatıp dışarı çıktı.

Osman; yıllar önce Arif Efendi tarafından Zeytinburnu'nun metruk sokaklarında dilencilik yaparken bulunmuş ve daha sonra da yine onun girişimiyle bir yurda yerleştirilmiş, eğitimini onun sayesinde tamamlamıştı. O günden bugüne kadar hayatında kazandığı her şeyi ona borçlu olduğunu biliyordu. Sahibi olduğu müstakil evin alt katındaki çiçekçi dükkânı da bunlardan biriydi. Arif Usta, ondaki çiçeklere olan ilgiyi henüz kendisi bir çocukken fark etmiş ve yıllar sonra Tuğba ile yaptığı borç harç içindeki evliliğinde bir düğün hediyesi olarak oturdukları evi ve çiçekçi dükkanını kendisine vermişti. Uzun yıllar boyunca Arif Usta'nın yanında hayata ve insana dair birçok şey öğrenmiş ve öğrendiklerini kendi hayatında uygulamaya başlamıştı.

Evinin bulunduğu sokağın köşesindeki pastaneden poğaçaları alıp, dışarı çıkarken uzun zamandır görmediği Arif Usta'sını düşündü. Onu en son altı ay öncesinde karısı Tuğba'nın cenazesinde görmüş ve Usta'nın vücudunun da artık gücünün son demlerine geldiğini fark etmişti. Baş sağlığı diledikten sonra acılı bir yüz ifadesiyle bastonunu kullanarak çok ağır adımlarla cenazeden ayrıldığını iyi hatırlıyordu. Baş sağlığından öte cenazede kendisine söylediği sözler aklında kalmıştı. "Metin olmalısın evlat!" demişti Arif Usta. "Eğer olamazsan sınavı kaybedersin!"

Bu anları hatırladığında aklı tekrar sınav kelimesine takıldı. Usta kendisine yıllardan beridir hayatında karşılaşacağı bir sınavdan bahsetmiş ve bu sınavı geçtiği taktirde artık insanlarda olmayan bir lütuf kazanacağını söylemişti. Osman, sınav sözünden neyi kastettiğini sorduğunda; "Sınanacaksın!" demişti Usta. Daha sonra da elini çenesine götürerek; "Unutma! İyilik, iyilikle sınanmaz. İyilik, kötülükle... İnsan da Şeytan'la sınanır. Sen de onunla sınanacaksın!" diye eklemişti. Osman'ın aklı bu defa daha da karışmış ve "Sınavı nasıl geçeceğim?" diye sormuştu. Usta bu defa gülümsemiş; "Öğrendiklerini kafanda iyi tart ve zeki ol. Bunu başardığında o sınavı geçmende sana yardım edecek." diye cevaplamıştı.

Sabahın ilk ışıklarında uykulu haliyle yürümeye devam edip, bir yandan da adeta bir rüya görür gibi hafızasını canlandırırken, evinin önüne geldiğini son anda fark edebildi. İlk fark ettiği çiçekçi dükkanının önünde olduğuydu. Bu, uykulu gözlerine fazla etki yapmadı. Dükkânın kapısının önündeki, ahşap ve üzeri işlemeli dikdörtgen kutuyu gördüğünde ise; gözleri açıldığıyla kalmadı ve yerlerinden çıkmak için birer hamle yaptı. Henüz on dakika önce bu kapıdan çıktığında her ne kadar uykulu olsa da böyle bir kutu olmadığını çok net hatırlıyordu. Çok geçmeden poğaçaların olduğu poşeti koluna dolayıp, yerdeki kutuyu aldı ve üzeri işlemeli, gösterişli kutu ellerinin arasında dolanırken; henüz kimselerin olmadığı ıssız sokağa bakıp, bir ipucu aradı. Aradığını bulamayınca; umutsuzca kutuya döndü. Kutuyla bir kez daha göz göze geldiğinde merakına karşı koyma çabası saniyeler sürmüş ve hızlıca kutunun kilidini açıp aralamıştı.

Büyülenmiş bir şekilde kutunun içerisinden çıkan Sarkaçlı Köstek' e bakıyordu. Kutuyu aralar aralamaz ciğerlerine dolan antika kokusu sebebiyle ilk önce öksürmüş ardından da Köstek 'in üzerindeki tozları üflemişti. Şimdi ise, eliyle tartarak incelemeye devam ediyordu. Üzerindeki sembollerden çok eski zamanlara ait olduğu konusunda bir tahminde bulunmuştu ki, kutunun içerisinde duran küçük bir kâğıt parçası dikkatini çekti.

Köstekle ilgili bir not olabileceğini sandığı kâğıdı okuduğunda ise; Dünya onun için birkaç saniyeliğine durdu.

"Usta vefat etti. Son vazife öğleden sonra... Sırrı çözdüğünde; emanet senindir!"

Yakup Ali bir yandan hızlı hızlı kahvaltılık bir şeyler atıştırıp, çayını höpürdetirken diğer yandan kilitlenmiş bir şekilde babasının elinde tuttuğu nesneye bakıyordu. İlk baktığında; dikkatli gözleriyle, nesnenin ön yüzündeki "Göz" figürünü görmüştü. Köstek 'in öbür yüzünde ise; yılana benzer bir hayvan resmedilmişti. Ama öbür yüzünü babasının elinden dolayı tam net göremiyordu ki; babası birden gözlerini nesneden ayırdı ve kendisine çevirdi.

"Çok güzel öyle değil mi?"

Osman'ın Yakup Ali'ye döndüğünde ağzından çıkan ilk cümlesiydi. Yakup Ali, babasının buğulu gözlerini, yalancı gülümsemesiyle kapatmaya çalışarak söylediği sözlerde sesinin titrediğinin farkına varmış ve gülümsemişti. Sonra kendisi de yalancı bir ifade takınarak; "Bence eski püskü bir şey!" dedi. "Hem ne olduğunu da bilmiyorum."

Osman, bir kez daha "Köstek." diye cevap verdi. Ardından bu defa sahici bir gülümsemeyle, "Ne işe yaradığını bende bilmiyorum. Ama çok sevdiğim bir insan gönderdi." diye ekledi.

"Annem mi?!"

Osman, Yakup Ali'nin bir anda umut ve heyecanla dolan gözlerine bakınca yanlış bir kelime kullandığının farkına varmış; "Ha... Hayır. Annen değil." demişti. Daha sonra kullanacağı kelimeleri iyice düşünüp, konuştu. "Ama anneni meleklerin yanına gönderdiğimiz gün yaşlı bir amca vardı hatırlıyor musun?"

Yakup Ali hayal kırıklığıyla başını "Evet." anlamında sallayınca, "Heh! İşte o Arif Amca gönderdi. Bu Köstek onun bana bıraktığı bir emanet!" diyerek sözlerini tamamladı.

Yakup Ali kahvaltı etmeyi bırakmış, düşünceli bir ruh haline bürünmüşken, boşluğa bakıp, "Neden sana bıraktı?" diye sordu.

Osman ilk önce yutkunarak boğazını temizledi. Sonra o da boş gözlerle belirli bir noktaya dalıp, "Çünkü O öldü." diye cevapladı.

Yakup Ali, babasının verdiği cevaptan sonra tepkisiz bir şekilde odasına gidip çantasını sırtladı. Birkaç saniye sonra okula gitmek için neredeyse hazırdı ki; diğer odadan babasının sesi duyuldu.

"Annende öldüğünde bana bir emanet bıraktı evlat!"

Sesi duyar duymaz çantasını sırtından fırlatıp, heyecanlı bir şekilde babasının yanına gitti.

"Nerede?"

"Burada!" diye cevap verdi Osman. "Hatta şu anda bana bakıyor."

Yakup Ali bir an babasına anlamsız gözlerle baktı. Ne demek istediğini anlayınca gözleri dolarak yanına gitti.

Baba oğul birbirlerine sımsıkı sarılıp kucaklaşırken; "Sen hayatımın en kıymetli emanetisin." diye fısıldadı Osman. Yakup Ali babasını zayıf kollarıyla kavramaya çalışırken; "Sen de öyle." diye mırıldandı.

Cenaze, Arif Usta'nın evinin hemen yakınındaki Fatih Camii'nden kalkmak üzereyken; "Hakkınızı helal edin ey cemaat!" diye üçüncü kez tekrarladı imam. Cemaatten bir kez daha "Helal olsun!" sesi yükseldi. Bu arada en ön safta yer tutan Osman'ın gözlerinden birer damla yaş yanaklarına doğru akıyordu.

Arif Usta, Osman'ın hayatında çok uzun yıllardır yer etmesine rağmen, aklındaki kalıp tam anlamıyla şekillenmiş değildi. Hakkında bildiği şeylerin hepsi ona öğrettiklerinden ibaretti. Ondan hayat üzerine ders aldığı zamanlarda, Usta, sadece haftanın belirli iki gününü kendisine ayırmış ve bu günlerin dışında ne olursa olsun kendisini ziyarete gelmesini istemediğini söylemişti. Kendisi hakkında herhangi bir soru sormayı da yasaklamış ve öğrenmesi gereken her bilgiyi vakti geldiğinde öğreneceğini söylemişti. Sabahtan beridir sorular aklını işgal etmeye devam ediyordu. Usta, ölmeden önce öğrenmesi gereken her şeyi öğretmiş miydi? Sabahın köründe Usta'nın ölümünü haber veren ve bırakılan kâğıtta emanet olduğu söylenen Köstek neyi ifade ediyordu? Onu kapısının önüne kim bırakmıştı? Ve en önemlisi yaşadığı mahallede Çömlekçi Arif Usta adıyla kimsesi olmayan bir adam olarak tanınan bu adam gerçekte kimdi? Artık sorular iyice can sıkıcı olmaya başlamış ve baş ağrısına neden olmuşken; duyduğu sesle yerinde irkildi.

''Başın sağ olsun.''

Sesin geldiği yöne doğru döndüğünde; kendi kumral saçlarının aksine, yer yer beyazlamış siyah saçlara sahip, kara gözleri ve sivri burnuyla neredeyse kendi yaşlarında bir adam buldu. Osman, cenaze alanına geldiğinde Usta'nın bir akrabasını görmeyi beklemiş ama çoğunluğun mahalle esnafı ve komşular olduğunu görünce hayal kırıklığına uğramıştı. Bu yüzden şu anda karşında duran adamın kendisine baş sağlığı dilemesine ilk başta bir anlam veremedi. Ama adam imalı bir şekilde sol elinin yüzük parmağına taktığı gümüş yüzüğe bakınca, şaşkınlığı katlanarak önce yüzüne sonra da tüm vücuduna yayıldı.

"Sağ ol. Ama sen kimsin?"

Arif Usta'nın yıllar önce kendisine verdiği gösterişli gümüş yüzüğe imalı bir şekilde bakan adama ilk tepkisiydi bu.

"Adım Selim. Ama görünüşe göre senden pek de farklı değilim." diye cevap verdi adam. Onun sözlerinden sonra Osman tüm dikkatiyle adamın ellerine bakıp, kendisindeki gibi bir yüzük aradı. Hiçbir şey göremeyince, tekrar adamın yüzüne dönüp, "Söylediklerinden hiçbir şey anlamıyorum." dedi. Selim önce gülümsedi. Ardından hiçbir takı olmayan parmaklarını havaya kaldırıp, "Bu çok normal." demişti ki; tabutun musalla taşından kalkması gerektiğini işaret eden imam, ikisini de kendisine getirdi. Ve bugüne kadar birbirlerinden haberi olmayan bu iki adam, tabutu en önden omuzladı.

Fatih – Edirnekapı Mezarlığı

Tabuttan çıkan kefene sarılı beden, Osman ve Selim'in elleri arasında mezara yerleştirilmiş ve kürek yardımıyla kapatılmıştı. Öyle ki, artık imamın son duası okunuyordu. Bu arada camide bulunan cemaatin en fazla yarısı, mezarlığa kadar iştirak etmişti. Osman'la Selim mezarın hemen yanı başındayken; Usta'ya son günlerinde bakan, yemek götüren ve neredeyse tüm cenaze işlerini halleden Bakkal Mehmet Efendi ise, diğer köşedeydi. Osman düşünceli bir şekilde Selim'e bakmaya devam ediyordu şimdi. Onun anlamsız konuşmalarından itibaren, kafasındaki tüm kalıplar dağılmış ve kuşkuları iyiden iyiye artmıştı. Sabah kapısının önünde bulduğu emaneti düşünüyordu tekrar. Selim'in bakışlarının kendisinden Bakkal Mehmet Efendi'ye çevrilmesinden sonra o da Mehmet Efendi'ye baktı. Sonra kafasını olumsuz anlamında sallayıp önüne döndü. Bakkalın Usta ile ilgili farklı bir bilgiye sahip olması imkansızdı. Bu adama göre Arif Efendi basit bir hayatı olan ve birkaç öğrenciye imkânı olduğu kadar burs veren kimsesiz bir ihtiyardan başkası değildi. Peki öyleyse; emaneti kapısına bırakanlar kimdi?

Daha da önemlisi şu anda karşısında duran ve kendisini Selim olarak tanıtan bu adam, ima ettiği gibi kendisi de Arif Usta'dan ders mi almıştı? İmamın okuduğu duanın etkisiyle, aklındaki soru işaretleri öylesine müthiş bir tezat oluşturuyordu ki; bir anda beklediği ''El Fatiha!'' sesi duyuldu. Ve birkaç saniye sonra mezarın başındaki insanlar mezarlığı terk etmeye yöneldi.

''Bakar mısınız?''

Hiç duymak istemediği ama duyacağına emin olduğu seslenişi hemen arkasından duymuştu. Artık duymamazlıktan gelerek yoluna devam etmesinin mümkün olmadığını anlayınca yavaşça arkasına döndü.

"Yalnız olmadığımı biliyordum."

Selim'in gizemli konuşmalarından sıkılmıştı artık Osman. Parmağındaki yüzüğü bugün hiç takmaması gerektiğini düşünüyordu şimdi. Usta'nın sınav olarak kastettiği şey belki de şu anda karşısında duruyordu kim bilir? Kendisini Selim olarak tanıtan ve Osman gibi Usta'nın talebesi olduğunu iddia eden bu adam; belki de Usta'nın kendisine bıraktığı emanetin peşindeydi. Aklı bu düşüncelerle dolunca; bir anda içinde bir soğukluk hissetti. Ardından korktuğunu belli etmemeye çalışarak; "Camide de söyledim. Söylediklerinden hiçbir şey anlamıyorum. Ama yine de merak ettim. Yalnız olmaman neyi değiştirir?" diye sordu.

Selim; gülümseyerek, "Korkmana gerek yok." dedi. "Ben tehlikeli biri değilim. Merak ettiğin noktaya gelirsek; senin varlığın çok şeyi değiştirdi."

Bu sözünden sonra yüzünde birden ağlamaklı bir ifade oluştu. Ve tekrar konuşmaya çalıştı. "Senin varlığın... Usta'nın beni yalnız bırakmadığını gösterdi. İkimizde yalnız değiliz." dedi son olarak. Daha sonra gözyaşları içinde birden Osman'a sarıldı.

Osman; ilk anda Selim'in ağlamaklı sözlerinden etkilenmiş ve yelkenleri suya indirmişti. Aradan geçen birkaç saniye içinde ise; adamın rol yapıyor olma ihtimalini aklına getirdi ve kendisine sarılan kollarını birden vücudundan çekip; "Şu saçmalığı kes!" diye bağırdı. Daha sonra birden arkasına dönüp; hızlıca yürümeye başlarken, Selim'in son sözleri duyuldu.

"Sana da bıraktı değil mi? Sende de var bir emanet!"

Son cümlelerden sonra vücudundaki tüm kanın çekildiğini hissediyordu. Bu cümlenin iki anlamı vardı. Birinci anlamda

Selim söylediği gibi, Arif Usta'nın talebesiydi. İkinci anlamda ise; blöf yapıyordu. İlk anlamı düşündüğünde; Selim'de nasıl bir emanet olabileceğini hayal etti. Aklında hiçbir şey belirmeyince; ikinci anlamı düşündü. Ve bir an önce izini kaybettirmesi gerektiğini fark edip; adımlarını hızlandırdı.

Yavuz, dakikalardır mezarlığın çıkış kapısında beklerken; sinsi gözlerle Selim ve Osman'ı izliyordu. Osman'ın hızla mezarlığın çıkışına, yani kendisine doğru hareketlendiğini görünce başındaki kasketi gözlerine kadar indirip; sokağı ağır adımlarla yürümeye başladı. Birkaç saniye sonra; Osman arkasından gelip, hızlıca önüne geçince; o da adımlarını hızlandırdı. Aradığı adamın bu adam olduğu konusunda artık hiçbir şüphesi yoktu. Ama aklının bir ucu gözyaşları içinde ona sarılan diğer adamda kalmıştı. O adamında Usta'nın talebesi olabileceğini düşündü önce. Sonra bu düşünceyi aklından silip; önündeki adama odaklandı. Şu anda Selim'in, Usta'nın talebesi olduğunu gösteren bir kanıt yoktu. Ve daha fazla aklı onda kalırsa; aradığı parçayı elinde tutan adam olduğunu düşündüğü Osman'ın izini kaybetme riski vardı.

Birkaç saat önce...

"Ses, "KEFARET!" diye böğürdü. Burt hayretle bir şeyler mırıldandı. Vicky irkildi. Ses kükredi. "BİZİ ANCAK KUZUNUN KANLARI KURTARABİLİR!" Burt telaşla sesi kıstı. Bu istasyon..."

Demişti ki;

"Ağabey!" diyerek Yavuz'un sözünü kesti Cihan. Yavuz işaret parmağını okuduğu sayfaya sıkıştırıp; "Ne oldu korktun mu yoksa?" diye sordu.

"Hayır, korkmadım. Ama birisi bizim kapıyı tıklattı galiba."

Yavuz; gülümsedi. "Korkmadım diyorsun ama gaipten sesler duymaya başladın."

Cihan; "Off ağabey!" dedi sitemkâr şekilde. "Kapıyı tıklattılar eminim."

Yavuz gülümsemesini sürdürürken; "Ee Hani... Hiç ses gelmiyor. Bir kere mi tıklattılar kapıyı. Sabah sabah korku romanı okutursan olacağı bu! Ya bir de akşam okusaydım." diye takıldı.

Cihan ağabeyinin konuşmasındaki alaycı tınıyı fark edip, sinirlenerek; "Duydum dedim işte!" diye bağırdı. "Ayrıca biliyorsun benim için sabahta karanlık, gece de!"

Cihan'ın son sözlerinden sonra bir anda içi cız etti ve bir süre ne diyeceğini bilemedi Yavuz. On altı yıl önce anne ve babasını kaybettikleri trafik kazasında henüz bebekken; göz sinirleri hasar görmüş ve neticesinde görme yetisini kaybetmişti Cihan. O günden dört yıl öncesine kadar babaanneleriyle yaşamışlar o günden sonra ise; sadece Yavuz'un okulda şiir yarışmasında birinci olduktan sonra okul müdürü vasıtasıyla tanıştığı Arif Efendi'nin desteğiyle hayatlarına devam eder olmuşlardı. Arif Efendi haftanın belirli iki günü Yavuz'u yanına çağırıp; hayat ve onu idare etme üzerine dersler vermiş ve ondan sınav vakti gelene kadar kardeşine çok iyi bakmasını istemişti. Hayatlarını idare etmelerini sağlayacak maddi yardımı da yine kendisi vermişti.

Bu arada odadaki ölüm sessizliği hala devam ediyordu. Bir süre sonra Yavuz kendini toparladı ve "Belki de sen haklısındır. En iyisi ben bir kapıya bakıp, geleyim." diyerek kapıya yöneldi.

Kapının kilidini usulca çıkarıp yavaş bir şekilde açtığında; ilk anda kimseyi göremedi. Sonra kardeşini haklı çıkaran eşiğin üzerindeki işlemeli kutuyu fark edip; heyecanla sokağa çıktı. Evinden birkaç metre uzaklaşmışken; gözleriyle sokağı tarıyordu şimdi. Sabahın köründe evlerinin bulunduğu ıssız sokakta kendisinden başka hareket eden hiçbir canlı göremeyince; hislerin iç içe geçerek oluşturduğu tuhaflığı hissetti. Birilerini görse bile; bu hiçbir şeyi kanıtlamazdı gerçi. Çünkü; kutuyu kapısına bırakanlar, kimliklerinin bilinmesini istememişlerdi.

Saniyeler sonra, koyu kahverengi, işlemeli dikdörtgen kutu ellerinin arasında çevrilirken; bilinmeyenin verdiği saf korkuyu hissediyordu Yavuz. Ve bu korku aynı ölçüde heyecanda uyandırmış, ellerinin titremesine neden olmuştu. Sadece elleri değil; tüm bedeni titriyordu eve girerken. Kutunun kimden geldiği hakkında bir fikri olsa bile içeriği hakkında hiçbir şey düşünemiyordu. Ama aynı anda hissettiği o garip büyü; onu açmasını da geciktiriyordu. Bu gecikme; merak duygusunun, heyecandan baskın gelmesine kadar sürdü. Sonra kutuyu yavaşça araladı.

"Sen haklıydın ağabey! Kimse yoktu değil mi?" dedi Cihan. Yavuz'un ayak seslerini duyduktan sonra söylemişti bu sözleri. Yavuz; kutunun içinden çıkan parşömene büyülenmiş bir halde bakıyordu. Parşömenden yayılan o koku sanki; insanlığın tarihi kadar eskiydi. Ve aynı zamanda da muazzam bir his yaşatıp; hayalinde anılar canlandırıyordu. Yavuz bu büyünün etkisindeyken; Cihan'ın sözlerini geç de olsa duymuş ve sonunda tepki vermişti. "Evet, kimse yoktu. Ama kapıya bir kutu bırakmışlar." dedi.

"Kutu mu ne kutusu?" diye sordu Cihan. O da heyecandan nasipleniyordu şimdi. Yavuz önce kutuyu sonra parşömeni Cihan'a verdi. "İçinden de bu parşömen çıktı."

Cihan, parşömenden yayılan kokuyu, ciğerlerine çekip; "Bu... Bu çok güzel kokuyor." diye mırıldandı. Sonra; el yordamıyla, sağ köşesindeki kabartmayı yoklayıp; 'Sağ alt köşesinde yıldız var değil mi?" diye sordu.

"Evet." dedi Yavuz. "Kırmızı yıldız!" diyecekken; son anda vazgeçti. Kardeşinin kafasında, renklerin bir karşılığı yoktu çünkü. Ama bunun yerine; "Hazreti Süleyman'ın mührü var!" diye ekledi.

Cihan, parşömenden yayılan kokunun; tüm görüş alanını kaplayan karanlığın üzerinde farklı şekil ve renkler bırakmasından müthiş bir haz almaya devam ederken; "Ama bu..." dedi. "Kim bırakmış?"

"Usta." diye cevap verdi Yavuz. "Ölmeden hemen önce bırakılmasını istemiş sanırım. Ne işe yaradığınıysa; benim çözmemi istiyor." diye ekledi ardından.

Cihan; "Usta ölmüş mü?" diye sorunca; "Evet." dedi sadece.

Birkaç saniye sessizliğin ardından odanın içinde ağabeyinin çıkardığı seslere odaklanmıştı Cihan. En son kapının kapanıp;

askılıktan paltosunu aldığını belirten hışırtıyı duymuştu ki; "Nereye gidiyorsun?" diye mırıldandı.

Yavuz; paltosunun düğmelerini iliklerken, "Usta'nın son isteğini yapmaya!" dedi. "Sırrı çözmeye."

Cihan son anda Cenaze' ye kendisinin de gitmek istediğini söyleyecekti ki; kapının kapanma sesini duyup, başını öne eğdi.

Bahçenin dört köşesi yeşil yumuşak çimenlerle sarılmış ve çimenlerin arasından beyaz yapraklı, sarı gövdeli papatyalar belirmişti. Bahçe duvarını dört bir yandan saran sarmaşıkların arasındaki güller ise; duvara farklı bir estetik katıyordu. Bu arada bahçenin eve doğru açılan kapısının önündeki birikintiden su içen iki serçe de birbirlerinin alanına müdahale etmezken; siyah beyaz alacalı kedi yavaş adımlarla serçelere yaklaşıyordu ki; birdenbire duvardan aşıp, bahçeye inen iki ayaklı yaratık planını bozdu. Ve serçeler daha yükseklere doğru uçuştu.

Yavuz; bahçeye iner inmez üstünü başını düzeltip, bir başkasının kendisini izleyip izlemediğini kuşkulu gözlerle süzdükten sonra yavaş adımlarla kapıya doğru yaklaştı. Tahmin ettiği gibi kapı kilitliydi. Ama anahtarı nerede bulabileceğini iyi biliyordu. Kapının hemen sağındaki menekşenin bulunduğu saksının altındaydı anahtar. Şimdi anahtarı elinde tutarken; son bir kez etrafı süzdü ve usulca kilidi açıp, içeri girdi.

Usta'nın evi iki oda bir salondan oluşuyor ve Yavuz'un eve girmek için başvurduğu bahçeye açılıyordu. Bahçeden ise hem eve hem de Usta'nın atölyesine girmek mümkündü. Aslında kanepesi, televizyonu, buzdolabı, gardırobuyla sıradan bir evden farkı yoktu bu evin. Ama Usta'nın kişisel odası onu diğer evlerden ayırıyordu.

Yavuz'da şimdi bu odanın içindeyken; hemen kapının sağındaki anahtara dokunup, ışıkları yaktı. Odada her şey yerli yerinde duruyordu. Sol taraftaki yatak bütün soğukluğuyla oradaydı şimdi. Yatağın üzerindeki beyaz çarşaf ise; sanki Usta'nın henüz buradan ayrılmadan önce kefeni gibi gözüktü gözüne. Muhtemelen Usta'nın bedeni şu anda yıkanmak için Gasilhane' ye götürülmüştü. Daha sonra bunu düşünmemesi gerektiğine karar vardı. Usta ölmüştü. Ama o bu gerçekle yüzleşmek istemiyordu. Çünkü asıl gerçek Usta'nın ona ölmeden önce söylediği sözlerde gizliydi. "Biz ölmeyiz evlat! Sadece kabuk değiştiririz. Unutma! Dünya bizlere sunuldu. Biz bu Dünya göçene kadar baki kalacağız."

Usta'nın ölüm haberini aldığı andan beridir bu sözleri düşünüyordu. Ve tabii ki; artık Sınav vaktinin geldiğini de hissediyordu. Bulması gereken şey ise; Usta'nın ona nasıl bir sınav hazırladığıydı. Aklındaki sorular çoğalmaya başlarken bakışlarını tekrar odaya çevirdi. Bu küçük odada duvarlardan biri büyük kitaplığa ayrılmıştı. Kitaplığın bulunduğu bu duvar Yavuz'un konumunun –şu anda O odaya açılan kapının önündeydi- tam karşısına denk geliyordu. Kitaplığın sağındaki duvarda ise; sedirin üzerinde oturan yaşlı bir adamın önünde diz çökmüş üç gencin resmedildiği bir tablo asılıydı. Tablonun tam karşısındaki duvarda ise; sarkaçlı duvar saati duruyordu. Saatin sarkacındaki göz figürü de dikkat çekiciydi. Saatin bulunduğu duvardan Yavuz'un bulunduğu kapıya doğru gelindiğindeyse; -ki burası Usta'nın yatağının başucuna tekabül ediyordu- küçük bir sehpanın üzerindeki saksının içinde ne olduğunu bilmediği koyu yeşil yaprakları olan, miğferi andıran morumsu bir çiçek duruyordu. Ama o bunların hiçbiriyle ilgilenmeden doğruca karşısındaki kitaplığa yürüdü. Ve sırayla kitapları kontrol etmeye başladı.

Neredeyse kitaplığın tamamını kontrol etmiş ama en ufak bir ipucu bulamamıştı. Sıra sağındaki duvarda yer alan tabloya gelmişti şimdi. Hızlıca tabloyu duvardan indirip; arkasını sonra da her yerini kontrol etti. Ama orada da bulabileceği bir şey yoktu. Bakmadığı tek obje olan saati; özellikle de sarkacını kurcalıyordu son olarak. Ama aradığı şey ne ise; orada da yoktu. Çaresizlik içinde başını öne eğip; yerdeki kitaplara göz gezdirdi.

Bu arada Usta'nın kitaplığının yarısından çoğu Aydınlanma Çağı Filozoflarının eserleriyle doluydu. Şimdi hepsi yerde dağınık dururken; Goethe'nin "Genç Werther'in Acıları" adlı romanı gözüne çarptı. Çünkü bu eseri kendisi de okumuştu. Hatta bu eserin aynısını kendisine hediye eden kişi Usta'ydı. Gözleri kitaba dalarken; uzun zaman önce okuduğu ama kardeşine okumadığı Genç Werther'in hikayesini hatırlıyordu şimdi. Ama çabaları boşunaydı. Çünkü bir türlü imkânsız bir aşkın elemleriyle boğulan Werther'in en sonunda çıkar yol olarak intiharı seçip, sevdiği Lotte'nin aklına, aşkını bu şekilde kazıdığı eseri; neden kendine de hediye ettiğiyle ilgili hiçbir ayrıntı gelmiyordu aklına. Bu yüzden son çare kitabı eline alıp, ilk sayfasını çevirdi. Genelde yazarlara imzalatılan o boş sayfaya da hiçbir yazı yazılmadığını görünce sinirlenerek; kitabı odanın bir ucuna fırlatmıştı ki, kendisinde de aynısından olan kitap aklına geldi bir anda. Ve hemen Usta'nın hediye etmeden önce kitabın ilk sayfasına yazdığı o yazıyı hatırladı.

"Aydınlık; her halükârda ışık saçar. Ama insanlar o ışığı sadece karanlıkta fark edebilir."

Cümle defalarca zihninde yankılanmaya devam ederken; "Olabilir mi?" diye mırıldandı. Usta bu kadarını düşünmüş olabilir miydi? Sorusuna cevap bulmak için hemen ayağa kalkıp; ışığı söndürdü. Ve karanlığın ortasında artık çok net görebildiği ipucunu gördü. Işıkta gözükmeyen ama sadece karanlık olduğunda ortaya çıkan bir ayrıntıydı bu. Ama rastgele odaya giren kişinin fark etmesi çok zordu. Çünkü; bu ayrıntı tablonun olması gereken duvarda, ortaya çıkıyordu. Yani; oda karanlık olsa bile, duvardaki tablo işareti kapatıyordu. Yavuz; bu yüzden odaya ilk girdiğinde fark edememişti. Ama tabloyu az önce incelemek için kaldırdığında; yerine takmamış ve yatağın üzerine bırakmıştı. Ve ayrıntı artık tüm netliğiyle oradaydı. Ama yine de tam anlamıyla bir şey anlattığından söz edilemezdi. Fosforla çizilmiş; küçük bir göz figürü belirmişti duvarda. Yavuz; karanlığın bastırdığı odada göz figürünün çizildiği duvara dirseğiyle vurup; arkasının boş olup olmadığını kontrol etti. Ama yaşadığı şey yine hayal kırıklığıydı. Masraftan kaçılmamış betondan başka bir şey değildi yokladığı duvar. Daha sonra göze odaklanıp; gözün nereyi işaret ettiğine dikkat etti. Ve karşı duvardaki sarkaçlı saatle karşılaştı. Bu defa hızla saati bulunduğu yerden çıkarıp; duvarı kontrol etti. Ama bu duvarda hiçbir işaret yoktu. Bulduğu ipucuna rağmen ana resmi görememesi onu oldukça sinirlendirmiş olacaktı ki; "Neredesin?!" diye bağırdı. Bu arada saatin sarkacı bir sağa bir sola vurmaya devam ediyordu.

Umutsuz gözlerle saati yerine takıp; derin bir "Off!" çekmişti şimdi. Bu arada saniyenin tıkırtısı ve sarkacın bir sağa bir sola vurması da beyninin içinde yankılanmaya devam ederken; bir anda önce kol saatine sonra duvardaki saate baktı. Duvardaki büyük sarkaçlı saat; öylesine bir bakışta ilerleyen saniyesi ve bir sağa bir sola vuran sarkacıyla çalışıyormuş gibi gözüküyordu. Ama gerçekte; 8:40'ta durmuştu. Usta'nın duvara astığı tablonun ardındaki göz figürünün neyi kastettiğini anlıyordu şimdi. Bakmakla, görmek arasındaki farkı bulmasını istemişti Usta. Şimdi düşünmesi gereken şey ise; 8:40'ın neyi anlattığıydı. Işıkları açmadan akrep ve yelkovanın birlikte işaret ettiği noktayı takip etti. Ve kısa süre sonra; Usta'nın yatağının başucundaki saksıyı el yordamıyla buldu. Odadaki tüm ipuçlarının işaret ettiği noktaydı bu saksı. Ve sadece bir çiçeğe ev sahipliği yapmasına rağmen; oldukça da büyük bir saksıydı. Yavuz; saksıya ulaştığında hemen anahtara dokunup, ışığı açtı ve hiç düşünmeden elleriyle saksıyı kaldırıp; yere çarptı. Usta'nın kendi elleriyle yaptığı saksının parçaları ve içinden çıkan kara toprak odanın dört bir yerine dağılmıştı şimdi. Saksının içinden çıkan sadece toprak değildi. Koyu kırmızı ağzı bağlı bir kese de çıkmıştı. Yavuz içindeki heyecan giderek artarken; alelacele kesenin bağlarını çözüp, içinden çıkan kırmızı bir kurdeleye sarılmış üç adet sararmış nüshayı aldı. Ve ellerinin titremesine engel olamayarak; hızlıca okumaya başladı.

Okuduklarına inanamayıp; art arda iki defa daha okudu. Sonra istemsizce; "Olamaz." diye mırıldandı. "Böyle bir şey imkânsız!"

Tüm şaşırmış lığı; Arif Usta'nın kaleme aldığı kendisine bırakılan emanetle ilgili yazdıklarıyla alakalıydı. Emanetin böyle bir güce sahip olabileceğini düşünmek bile korkutuyordu şimdi onu. Ama tek korkusu bu değildi. Emanetin kendisinde olmayan iki parçası onu daha çok korkutuyordu şimdi. Yıllardan beri kendisini Arif Usta'nın yetiştirdiği tek kişi sanırken; kendisi haricinde iki kişi daha olduğunu henüz öğreniyordu. Ve tabii; neden Usta'nın kendisini sadece belirli günlerde çağırdığının cevabı da böylece açığa çıkıyordu. Arif Usta elinde; yıllardır beridir tarihi çok eskilere dayanan, bir emanet tutuyordu. Tekrar tekrar okuduğu kağıtlarda; bir yanlışlık yoksa emanetçilerden biri de fedailerine Haşhaşiler adının verildiği Hasan Sabah'tı. Ama Usta ölümüyle birlikte; bugün itibariyle sistem de çok önemli bir değişiklik yapmış ve Emaneti üçe bölmüştü. Aklı yıllardır "Usta!" diye hitap ettiği kişiye gidince; "Kimsin sen?" diye mırıldandı. Sonra kendini düzeltti. "Kimsiniz siz?"

Usta'nın emaneti üçe bölmesinin nedenini düşündü önce. Hiç kimsenin kullanmamasını istediği için mi böyle yapmıştı? Yoksa; aralarından en akıllısının kullanması için mi? Gerçek her neyse; bunu şimdi düşünmesi gerekmiyordu. Şu anda asıl düşünmesi gereken; sınavın üç kişi arasında olduğuydu. Ve herkes kendi Şeytan'larıyla sınanacaktı.

Olduğu yere çöküp; dakikalarca aklında sorulara cevap aradı. Ve saatine bakıp; Cenaze vaktinin yaklaştığını fark ettiğinde kararını verdi. Sırrın ilk adımını çözen kişi kendisiydi. Ve eğer Usta böyle bir güce hükmedecek kişiyi arıyorsa; bu da kendisi olmalıydı.

Arif Usta'nın cenazesinin kaldırılacağı Fatih Camii'nin o meşhur kocaman avlusuna geldiğinde; İmam'ın, "Hakkınızı helal ediyor musunuz?" nidalarını duyup; hemen en ön safın arkasında kendine yer buldu. Ve İmam; namazı kıldırmak için tekbir verip, herkes ellerini kaldırıp; kulak memesine değdirdiğinde o inanamayacağı ayrıntıyı fark etmişti. Hemen önündeki adamın sol yüzük parmağına taktığı; aynısından kendisinde de olan gösterişli yüzüğü görmemesi pek de mümkün değildi zaten. Ve onu görür görmez de kendi iftitah tekbirini uzun tutup; kimseye belli etmeden yüzüğü parmağından çıkardı. Namaz bitip; cenaze Edirnekapı Mezarlığına götürülmek üzere omuzlandığında ise; mahalleden kimsenin kendisini fark etmemesi için Osman ve Usta'nın talebesi olabileceğini düşündüğü ama emin olamadığı Selim'i uzaktan takibe aldı.

Osman; Saraçhane'den yüksekliği 29; uzunluğu 920 metre olan Bozdoğan Kemerine doğru yürürken esen rüzgâr şiddetini arttırınca; paltosunun önünü kapattı ve Selim'in kendisini takip edip; etmediğini öğrenmek için arkasına baktı. Görünürde Selim yoktu. Ve şu anda sadece Selim'den haberi olduğu için; kendisini cenazeden beri izleyen kasketli adamdan şüphelenmedi.

Yavuz; Osman'ın ünlü Vefa Bozacısından sağa dönüp, elli metre ilerdeki Karaeren Çiçekçilik dükkanının kepenklerini kaldırmasını izlerken; istemsizce gülümsedi. Artık; aradığı adamın nerede çalıştığını biliyordu.

Osman; dükkâna girdikten sonra hemen üstündeki gri paltosunu çıkarıp; sandalyeye astı. Önündeki masanın çekmecesinden; sabah kapısına bırakılan sandığı çıkarmıştı ki, dükkânın kapısı açıldı ve kendisini cenazeden beri takip eden; kasketli adam içeri girdi.

"İyi günler."

"İyi günler hoş geldiniz." dedi Osman. Ve panikle sandığı çekmeceye koydu. Yavuz; Osman'ın masaya koyduğu sandığı fark etse de ilgilendiğini belli etmemiş ve bakışlarını çiçeklere çevirmişti.

"Bir çiçek alacaktım. Bugün benim için oldukça önemli bir gün de!" Osman'ın bakışlarını kendisine çevirmesinden hemen sonra söylemişti bu sözleri Yavuz.

"Şüphesiz öyledir. Günün önemiyle ilgili bir ipucu verebilirseniz; size daha iyi yardımcı olabilirim." diye gülümseyerek; konuştu Osman. Yavuz; "Aslında kardeşimin bugün doğum günü! Çiçeklere karşı ilgisi vardır. Ama aynı zamanda da gözleri görmüyor." dedi. Ardından ekledi. "Bu yüzden hoş kokulu bir çiçek arıyorum."

"O zaman Gardenya tam kardeşinize göre."

Osman bir yandan konuşurken; bir yandan da çiçeklerin arasından melekleri andıran beyazlığıyla Gardenyayı alıp, Yavuz'a uzattı. Yavuz; derin derin çiçeği koklarken, "Gerçekten de çok güzel kokuyor." diye mırıldandı. Bu arada kokunun büyüsüyle; gözlerini kapatmış, öyle kokluyordu. "Öyledir." dedi Osman. Ardından da "Ama çok da narindir." diye ekledi.

"Narinlikte güzelliğin bir parçasıdır." dedi Yavuz. Bu arada gözlerini açmış; çiçeği sarması için tekrar Osman'a vermişti. "Size katılıyorum." dedi Osman. Ve çiçeği paketleyip; Yavuz'a verirken, "Güzelliğin bir parçası olduğuna emin değilim ama Gardenya aynı zamanda da kısa ömürlüdür." dedi.

"Hayatım boyunca; hatırlayacağım bir koku olacak bu! Bence onun ömrü gerçekte bu kadar uzundur." dedi Yavuz. Bir süre sessizlikle geçilince tekrar konuştu. "Bazı insanlarda böyle değil midir? Bir dönem yaşarlar belki; ama idealleri asırlar boyu devam eder."

"Kesinlikle haklısınız." dedi Osman. Daha sonra da çiçeği Yavuz'a verip; dükkanının kartını uzattı. Bu arada Yavuz'da çiçeğin parasını ödedikten sonra hayırlı işler dileyip; dükkânı terk etti.

Dükkândan çıktığında; derin bir nefes alıp, "Çok zor olacak!" diye düşündü. Sandığın içinde emanetin hangi parçasının olduğunu görememişti. Ama adamın gözlerinden ona ne kadar değer verdiğini anlamıştı. O emaneti en sorunsuz şekilde almanın tek yolu vardı artık. Osman'ı öldürmeliydi!

B ir gün sonra...
       24 Kasım 1992

Bosna Savaşı'nın devlet televizyonuna yansıyan içler acısı görüntülerini Yakup Ali'yle birlikte izlemekteydi Osman. Görüntülerin boyutu gitgide dehşetlenince; televizyonu kapatıp, oğluna yöneldi. "Öğretmenine hangi çiçeği götüreceksin bakalım."

Yakup Ali kafasını kaşıdı önce. Sonra "Bilmiyorum." dedi. "Öğretmenleri temsil eden bir çiçek var mı ki?"

Osman gülümseyerek cevap verdi. "Sadece öğretmenleri değil; her insanı temsil eden bir çiçek vardır. Bence hayatta herkesin bir çiçeği olmalı."

"Benimde bir çiçeğim olsun o zaman." dedi Yakup Ali. Ses tonu heyecanlandığını belli ediyordu. "Olur ama seçtiğin çiçeğe iyi bakmalısın. Yoksa; hemen boynunu büküp, darılırlar." dedi. "Bir de seçeceğin çiçeği kendin kadar iyi tanımalısın." diye ekledi ardından.

"Onları nasıl tanıyacağım ki?" diyerek kuşkulu bir şekilde sordu Yakup Ali. Osman gülümseyerek cevap verdi. "Ben sana yol gösteririm. Hadi kahvaltını bitirdiysen; dükkâna inelim."

Osman; kahvaltı masasını hızlı bir şekilde topladıktan sonra; askılıktan kendi paltosunu ve oğlunun montunu aldı. Yakup Ali'de bu arada önlüğünü giyip; çantasını sırtlamıştı. Çok kısa bir süre etrafa bakınarak arkalarında bir şey bırakmadıklarından emin olunca; evden çıktılar.

Çok geçmeden dükkânın önündelerdi şimdi. Osman bir yandan kepenkleri açarken; diğer yandan kepenklerin arasına kıstırılmış gazeteyi fark edip; Yakup Ali'ye verdi.

"Oku bakalım ilk sayfasında ne yazıyor!"

Yakup Ali küçük elleriyle tuttuğu gazeteyi rahatça okuyabileceği hizaya getirip; büyük puntolarla yazılmış manşeti okumaya başladı. "İlklerin Kraliçesi! – İki yıl önce; babası Metin Moraloğlu' nu, faili meçhul suikast sonucunda kaybedip; Moraloğlu Şirketlerinin başına geçen, Türkiye'nin ilk İş kadınlarından Manolya Moraloğlu yılın vergi rekortmeni oldu."

Kafasını sallayarak; "Garip." dedi Osman. Bu arada dükkânın kapısını açmış; Yakup Ali'nin içeri girmesini sağlamıştı. Oğlu söylediklerini kafasında tartacak yaşa gelmese de "Babası öldükten sonra; kızının şansı açıldı herhalde." diye söylendi. Yakup Ali'nin kendisine yönelttiği tuhaf bakışları fark edince, gülümseyerek; "Hangi çiçeği götüreceksin bakalım?" diye sordu.

Yakup Ali demet demet çiçeklerin hepsine birden bakınca; "Unutma!" diye söylendi. "Çiçekler kaprislidir. Ama bu, onların güzelliğini etkilemez. Onlar yeryüzünün en narin, en saygın canlılarıdır. Onların hepsi bize farklı şeyler anlatır. Hepsi hayata farklı pencerelerden bakmamıza yarar."

Yakup Ali kafasını "Anlıyorum." anlamında sallayınca, Osman; bu defa dükkânın önünde belli bir tertip içinde dizilmiş çiçeklerin önüne geçti. Ve onları sırayla işaret ederek konuşmaya devam etti. "Gül çiçeklerin efendisidir. Aşkı temsil eder. Bizim O'na, En yüceye olan aşkımızın sembolüdür. Papatya umudu simgeler. Lale; kendini beğenir. Ama bir o kadar da zarif ve alımlıdır. Soyluluğun sembolüdür o! Peki ya Menekşe? Bir öğretmene götürülecek en güzel hediyelerden biridir. İlimi temsil eder."

"O zaman menekşe götüreceğim." diye heyecanla konuştu Yakup Ali. Sonra da "Ama kendime hangisini seçeceğim." diye mırıldandı. Osman; oğlunun gözlerinin karanfile takıldığını fark edince, "Karanfil..." dedi. "Hüzünlüdür. Yalan Dünya'nın zevklerine aldanırken unuttuğumuz sonu anlatır. Kaçınılmaz sonu... Ölümü temsil eder!"

Yakup Ali; "Kendime de karanfili seçeceğim o zaman." deyince; Osman dudak büktü. "Hayat yaşanacak kadar güzel evlat! Neden onu seçtin?"

"Çünkü; o çiçek annemi hatırlatıyor." diye cevap verdi Yakup Ali. Osman'ın içi bir kez daha cız etti. Sonra; ne yapacağını bilemeyip, gözleri saate takılınca; "Bunu sonra konuşuruz. Hadi sen okuluna geç kalma!" diye mırıldandı. Çok geçmeden de menekşeyi güzelce paketleyip; oğluna verdi.

Küçük çocuğun çiçekçiden çıkıp; sokağın derinliklerine doğru gittiğini dikkatli gözleriyle süzdü Yavuz. Ve montunun içine sakladığı tabancayı kontrol edip; çiçekçiye doğru yöneldi.

Yüz hatları keskin, bıyıklı, yer yer beyazlamış saçlara sahip adam; yatağından henüz uyanmış yeni güne başlıyordu. Lavaboya gidip, ellerini yüzünü yıkadıktan sonra makul bir kahvaltı sofrası hazırlayıp, masaya oturunca bir süre olanları düşündü. Selim; dünden beridir Usta'nın ölümüyle, başına gelenler arasında bir bağlantı kurmaya çalışıyordu. Onunla ilk tanıştığında; Sosyal Hizmetler Çocuk Kurumu'nda on sekizini doldurmayı bekleyen bir serseri adayıydı. Kurumun müdürünün saçları bembeyaz ama sakalsız bu adamla neler konuştuğunu merak etmiş ve müdürün paçasına yapışmıştı. Adamın istediği uygun çocuğun kendisi olduğunu anladığında kaçmaya çalışmış ama başaramamıştı. Arif Efendi onu on iki yaşında yurttan aldığında sevindiği tek şey; yalandan da olsa bir anne babasının olacağıydı. Olmuştu da... Arif Efendi kendisini yurttan alıp, sevimli tonton bir kadınla tıknaz bir adamın oğlu yapmıştı. Haftanın beş günü okuldan eve, evden okula şeklinde normal bir aile yaşantısı sürmüştü. Haftanın rastgele belirlenen iki günü ise; Arif Efendi'nin yanında çömlekçilik sanatının haricinde, geçmişi çok eskilere dayanan bir tarikat hakkında dersler almış, tarikatın amacını, insanları etkileme sanatını ve bunun hangi metotlar kullanılarak uygulandığını öğrenmişti. Usta'nın ona, bunları neden anlattığı konusunda ise pek fikri yoktu. En nihayetinde vardığı sonuç; bu tarikatın mensubu olduğunu tahmin ettiği Usta'sının kendisini de tarikata dahil etme çabalarından öte değildi. Aradan yıllar geçip; okulunu ve askerliğini bitirdikten sonra ise, Usta'nın yönlendirmesiyle; Devletin İstihbarat birimi olan, Göktürk Teşkilatına girmişti. Ülkenin ve Dünya'nın çeşitli yerlerinde sayısızca; görevlerde bulunurken, bu görevlerden bazıları zihninde tamiri olmayan yaralar açmıştı. Bu yaraların en büyüğünü ise; geçen yıl yaşamıştı. Azerbaycan topraklarında yer almasına karşın Ermenistan tarafından işgale uğrayan Karabağ'da Azerileri sivil direnişe örgütlerken; gözlerinin önünde birçok ailenin öldürülüşünü izlemişti. Ama içlerinden birini bir türlü unutamıyordu. Ağzından kan kusan o yaralı annenin son isteği hala çınlıyordu kulaklarında. ''Kızıma iyi bak!''

Ermeniler bulmasın diye ailesinin dolaba sakladığı; kahverengi iri gözlerini kendisine dikmiş, gülümseyen sarışın kız çocuğuyla karşılaştığında ise; o güne kadar hiç hissetmediği o duyguyu hissetmişti. Şu anda neredeyse; beş yaşında olan Elif Ece adını verdiği kızının varlığını; -ki gerçekten de o artık kendi kızı olmuştu- o günden bugüne Teşkilat' tan gizlemiş ve Anadolu'nun ücra illerinden biri olan; Karabük'te şehit olduğu haberini verdiği asker arkadaşının ailesine bırakmıştı. Bunu yaparken de kısa zaman sonra Elif Ece'yi yanına alacağını söylemiş ve aileden kendisini babası olarak tanıtmasını istemişti.

O günden birkaç gün öncesine kadar ise; Bosna'nın Mostar şehrindeydi. Sırpların acımasızca; bir katliama giriştiği stratejik yerlerden biri olan; Mostar'da Boşnakların silahlanıp, örgütlenmesine yardımcı olurken; apar topar İstanbul'a çağırılmıştı. Üç gün önce olmuştu bu. Teşkilatın başkanı Ercan Canerli' yle yaptığı o günkü konuşma hala tüm canlılığıyla aklındaydı.

''Başkanım. Sırpların ilk hedefi Saraybosna gibi gözüküyor. Ama asıl hedef Mostar! Petrol rezervlerini istiyorlar.'' demişti heyecanla. Başkan, ''Selim!'' diyerek araya girmeye çalışsa da ''Durumları çok kötü!'' diye devam etmişti. ''Soykırım yapıyorlar. Tecavüz kampları kurdular! NATO'nun devreye gireceği filan yok! Bunların hepsi tiyatro! Kardeşlerimize yardım etmeliyiz!''

Başkan, "Selim!" diyerek tekrar araya girmeye çalışsa da devam etmişti. "Bir an önce onları örgütleyip; bu utanca son vermeliyiz başkanım! Neden? Neden daha fazla adam göndereceğinize beni çağırdınız?"

"Selim!" diyerek bağırmıştı en sonunda Başkan. Ve sonra da Selim'in yıllar boyunca unutamayacağı o cümleleri söylemişti. "Sen artık bizimle çalışmıyorsun. Silahını ve kimliğini teslim et!"

Selim zorlukla "Ne?" deyince de "Artık Göktürk Teşkilatı için çalışmıyorsun." diye tekrarlamıştı. "Neden diye sorma! Sebebini bende bilmiyorum. Ama yukarıdan gelen bir emir doğrultusunda tasfiye edildin."

"Bu saçmalık! Ben kötü bir şey yapmadım."

"Teşkilatın emirlerini sorgulayamazsın! Ve bu Teşkilatın sana son emri!" diye çıkışmıştı Başkan. Birkaç saniye sessizlik olunca da Selim masaya kimliğini ve silahını bırakıp; masanın üzerinde duran Bosna'da çekilmiş resimleri göstererek; "Onlara yardım etmelisiniz!" diye mırıldanıp; odayı terk etmişti.

Yukarıdan gelen emrin kimlerden geldiğini artık iyi biliyordu. Usta'nın ölümünün planlandığı ve tasfiye edenlerin de onun adamları olduğu çok açıktı. Öyle olmasa kimsenin yerini bilmediğini sandığı, Gaziosmanpaşa'daki bu metruk evin önünde Usta'nın kendisine bıraktığı emaneti bulmazdı. Bunları bilmesine rağmen, bilmediği hala çok şey vardı. Usta'nın kim olduğu ve adamlarının nerelere sızdığı konusunda hiçbir bilgisi yoktu hala. Emanet adının verildiği ve sırrı çözdüğünde ona bırakılacak şeyin ne olduğunu da bilmiyordu. Aklı bunlarla meşgul olurken; istemsizce masanın üzerinde duran sandığı açıp, şeffaf bir sıvıyla dolu tüpe baktı. Bu sıvı ne işe yarıyordu? Sırrı çözmesi için ne yapması gerekiyordu? Ve gerçekten de Usta'nın kendisinden başka yetiştirdiği başka biri daha mı vardı? Usta'nın cenazesinde gördüğü kendisindeki yüzükten aynısına sahip olan o adam da Usta'dan ders mi almıştı? Son sorunun cevabını tam olarak bilmiyordu. Ama bu bir gün içinde, boş durmamış ve o adamın çiçekçi olduğunu öğrenmişti. Üstelik oturduğu yerden yapmıştı bunu. Mezarlıkta yapmacık gözyaşlarıyla boşuna sarılmamıştı Osman'a. O sarılmanın tek amacı, Osman'ın üzerine toplu iğne kadar küçük olan dinleyiciyi yerleştirmekti. Ve yerleştirmişti de. Nasıl olsa, o bu görevlerde uzmanlaşmıştı. İşlerini kolaylaştıran noktalardan bir diğeri ise; Osman'ın gittiği her yere paltosunu da götürmesiydi. Tam bu esna da bunları düşünürken; hemen cebindeki aleti çıkarıp, dinleme moduna geçti. Ama o sırada neye şahit olmak üzere olduğunu bilmiyordu.

***

Yavuz, dakikalar boyunca dışarıdan içeriyi gözetlerken; kimsenin olmadığına kanaat getirdi. Ve kalbinin göğüs kafesine yaptığı baskıyı hiçe sayarak içeri girdi.

"İyi günler!"

Osman çiçeklerle ilgilenirken; sesin geldiği yöne dönünce, dünkü müşterisini tanıyıp; gülümsedi ve "İyi günler!" diye cevapladı. Ardından da ekledi. "Kardeşiniz Gardenyayı beğenmiştir umarım!"

"Çok beğendi." dedi Yavuz. Daha sonra içeri birkaç adım atıp konuştu. "Rehberliğiniz çok işe yaradı. Ama bu defa farklı bir konu da rehberliğe ihtiyacım var."

Osman, Yavuz'un söylediklerinden tam olarak bir şey anlamadı. Ama yine de tereddütlü bir şekilde, "Elimden geldiği kadar yardımcı olurum." diye mırıldandı.

Yavuz, Osman'ın konuşmasından sonra; "Buna çok sevindim." diyerek gülümsedi. Ve geldiği adımları geri gidip;

dükkânın kapısına asılan "Açık" yazılı yapışkan askıyı; "Kapalı." konuma getirdi. Arkasını tekrar Osman'a döndüğünde ise; elinde bir silah tutuyordu. "Onu bana ver!"

Osman, tüm korkusuyla olduğu yerde kalakaldı. Birkaç saniye sessizliğin ardından ağzından "Anlamadım." kelimesi dökülüyordu ki; "Çekmecedeki sandık!" diye çıkıştı Yavuz. "Yaşamak istiyorsan; onu hemen bana ver!"

Osman bir silahın namlusuna bir de Yavuz'un kararmış gözlerine bakıyordu şimdi. Derin derin nefes alırken; önce yutkundu. Sonra "Sen de kimsin?" diye mırıldandı.

Yavuz gülerek; "Sırrı çözen kişi." dedi. "Adım gibi eminim. Usta sana da bir ipucu bırakmıştır. Zamanla ilgili bir ipucu mesela."

Osman her ne kadar aklı korkuyla dolu olsa da bir anda Usta'nın kendisine verdiği kitabın ilk sayfasına yazdığı ve kendisinin üstüne günlerce düşündüğü o yazıyı hatırladı. "Zaman sürekli akar. Ama biz istediğimizde; onu durdururuz."

Yavuz, Osman'ın kendi kendine bir şeyler mırıldandığını görünce; "Sana dememiş miydim?" dedi. Bir yandan da gülümsemesini sürdürüyordu.

Osman başını kaldırıp; bakışlarını tekrar Yavuz'a çevirince, "Silahı indir!" diye çıkıştı. "Usta'nın istediği bu değil!"

"Usta'nın gerçekte kim olduğunu ve ne istediğini bilseydin aklını kaçırırdın."

"Yanlış yapıyorsun. Onun istediği bu değil. Bu bir sınav... Beni öldürmeden emaneti alamazsın." Osman'da gözlerini karartmıştı artık.

Yavuz, Osman'ın kaderci konuşma tarzından hiç hoşlanmadığını belirten bir mimik yapıp, kafasını sallayarak; "O halde öldüreceğim." diye mırıldandı. Daha sonra gözlerini

Osman'ın gözlerine dikip; ''Çünkü bu da benim sınavım.'' diye söylendi.

Silah sesi sanki Selim'in bulunduğu odada patlamış ve onu vurmuştu. Öyle ki; oturduğu sandalyedeki, ani sıçrayışın ardından gözleri dehşetle dolmuştu. Sandalyeden bir anda kalkıp; küçük odanın duvarına bedenini yasladı. Elleri kafasında tüm konuşmaları doğru duyup; duymadığını düşünüyordu şimdi. Ama tüm sesler doğruydu. Az önce; başka bir kişinin varlığına ve cenazede tanıştığı Osman'ın öldürülüşüne tüm canlılığıyla tanık olmuştu. Ve onu öldüren kişi; bunu emaneti almak için yapmıştı. Bir süre ne yapacağını karar veremeyince; gözleri masanın üzerindeki sandığa takıldı. Daha sonra mezarlıktan buraya kadar takip edilme ihtimalini düşündü. Şu anda o da ölümün eşiğinde olabilirdi. Ve burada artık daha fazla kalamazdı.

Kısa süre sonra, sandığı paltosunun cebine koyup; telefon etmek için dışarı çıkacaktı ki, kapının önünde durup; "İstediğin ne?" diye bağırdı. "Birbirimizi öldürmemiz mi?"

Gaziosmanpaşa'nın merkezini oluşturan uzun caddede metrelerce yürümüştü Selim. Yürürken de etrafını kontrol etmeyi ihmal etmemişti. Ama bu yine de bir şeyleri açıklamazdı. Şimdi telefon kulübesinin önünde dururken; kabinin boşalmasıyla içeri girip, cebinden çıkardığı jetonu eski turuncu telefon makinesine attı. Çok geçmeden 0370 alan koduyla başlayan numarayı çevirmiş ve Karabük'te kızını bıraktığı aileyi aramıştı.

"Alo." diyerek açıldı telefon. Selim, ses tonundan karşısındaki kişinin şehit olan asker arkadaşının ağabeyi Hüseyin olduğunu anlayıp; "Ben Selim." dedi. "Elif Ece orda mı?"

Çok geçmeden Elif Ece'nin capcanlı ses tonunu duyunca; yüzünde bir gülümseme belirdi. "Alo. Elif Ece! Nasılsın kızım? Özledin mi beni?"

"Çok özledim baba!" dedi Elif Ece. Ardından hesap sorar gibi; "Ama sen hani gelecektin beni almaya?" diye sordu.

Selim, Elif Ece'nin cazgır ses tonunu duyunca; tekrar gülümsedi. "Geleceğim kızım. Çok yakında geleceğim. Bende seni çok özledim. Hadi şimdi telefonu Hüseyin Amca'na ver bakalım."

Ahize tekrar Hüseyin'in eline geçince; "Alo Hüseyin." dedi. "İyi dinle beni! Üç gün içinde onu almaya geleceğim. Eğer gelemezsem; bil ki öldüm. Ama bankadaki paramın hepsi sizin! O parayla Elif Ece'ye iyi bakmanızı istiyorum! Anladın mı?"

Hüseyin; "Tamam. Merak etme sen!" dedi sadece. Başka bir şey demesinin hiçbir anlamı olmayacağını biliyordu. Çünkü; Selim onlara bugüne kadar hiçbir şey anlatmamıştı. Kardeşi Hasan'ın nasıl şehit edildiğini bile!"

İstanbul 2012
    Bu gece...

Zehra, Uğur Ateş'in bulunduğu odaya sevinçle girdi. Ama o sevinçle kapıyı fazla hızlı açmış olacak ki; Uğur Ateş yerinde zıpladı. "Abla yavaş olsana! Korkuttun beni!"

"Korkmana gerek yok Uğur." dedi kadın. Ardından; Uğur'u daha fazla heyecanlandırmadan gelen haberleri söyledi. "Stüdyodaki herkes arandı. Zaten telefon da stüdyodan edilmemiş. Emniyet Müdürlüğünden aradılar. Olayla yakından ilgileniyorlarmış. Telefon Şişli'den edilmiş. Hatta şu anda bir ekipleri oraya gidiyormuş. Yani korkulacak hiçbir şey yok!"

Uğur Ateş; Zehra'nın söylediklerini dikkatle dinleyip, ellerini yüzüne götürdü. "Allah'ım sana şükürler olsun. Kesin o sözlüğün işidir bu! Ama kim yaptıysa; cezasını çekecek! Neyse abla ben eve gidiyorum öyleyse!"

Uğur Ateş psikolojik olarak öyle bir baskıda hissetmişti ki kendini; ufak bir haberde o derece hafiflemiş hissediyordu şimdi. Zehra; Uğur'un üstünü başını düzeltip, Kanalı terk etmeye yeltendiğini görünce; "Uğur istersen biraz daha bekle ya da yayın ekibinden birileri de seninle gelsin! Polis memuruna da rica edebiliriz." dedi.

Uğur, Zehra'nın sözlerinden sonra hemen arkasını dönüp; "Aman abla." dedi. "Zaten yeteri kadar reklam oldum. Daha fazlasına gerek yok! Kimseyi görmek istemiyorum bu gece. Gideceğim eve, yatacağım hemen! Hadi görüşürüz."

"Kendine dikkat et tatlım!" dedi Zehra. Uğur da elleriyle "Tamam. 'anlamına gelen bir işaret yapıp; odadan çıktı.

Tophanedeki nargilecilerden birinde pofuduk koltuklara çökmüş; tavla oynuyordu ikili. Kısa kumral saçlı, yeşil gözlü olanı nargilesinden; bir fırt alıp elindeki zarları atınca, "Hoop! Bu da Mars!" diye bağırdı. "Hiç sarmıyorsun oğlum! Öğren de gel şunu!"

Karşısındaki adam; tavlayı ağır hareketlerle kapatırken, "Çok şanslısınız amirim!" diye cevap verdi.

Bunun üzerine; "Ne? Şanslı mıyım? Mars oldun lan! Sayı alamadın! Neresi şans bunun!" diye tekrar takıldı Soner Eser. Görev arkadaşına takılmak hoşuna gidiyordu. Yiğit Mirza amirinin takılmalarına sesini çıkarmadı bu defa. Sonra da tepkisiz bir şekilde; ellerini siyah saçlarının arasına götürüp, koltuğa gömüldü. Soner, Yiğit'in düşünceli halini fark edince; "Yine mi Ayten?" diye sordu. Yiğit anlatıp, anlatmamakta kararsız kaldı bir süre. Sonra, "Ailesi aklını çelmiş amirim! 'dedi. "Sen polis kaldığın sürece biz evlenemeyiz diyor."

"Eee. Ne düşünüyorsun?" diye sordu bu defa Soner. Yiğit, derin bir nefes alıp; "Bilmiyorum." dedi. Ardından; "Neden böyle oldu amirim?" diye sordu. "Ne değişti de biz polisliğimizden utanır hale geldik!"

"Düzen değişti oğlum." dedi Soner. Hemen ardından; "Ama biz değişmedik." dedi. "Kuralları koyanlar başkaları ama uygulayan biz olduğumuz müddetçe; herkes bize düşman olur anladın mı? Herkesin senden nefret etmesi için sadece görevini yapman yeterli. Ne yapalım böyle bir meslek bizimkisi!" demişti ki masanın üzerindeki cep telefonu çalmaya başladı. Telefonu eline alıp; arayan numaranın merkezden olduğunu görünce, "Hay amına koyayım!" diye mırıldandı.

"Efendim Amirim!" diye telefonu açtı kısa süre sonra. Telefonun öbür ucundaki ses panikle; "Neredesin Soner!" diye sorunca; "Yiğit'le Tophanedeyiz amirim." diye cevap verdi. Bundan sonra; Turan Güneş, Uğur Ateş'e yapılan telefon saldırısı hakkında bilgi verip; telefonun edildiği adresi söyledi. Cevahir Kongre Merkezi'nin hemen arkasındaki fabrikaların olduğu bölgeden aranmıştı Uğur Ateş. Soner; amirini dikkatle dinleyip, işin telefon şakasına bağlandığını fark edince; "Amirim." dedi. "Kimin ne işi olur Uğur Ateş'le. Adamın biri büyük ihtimalle şaka yapmış. Devriye ekiplerden birini gönderin, gitsin!" sözünü hemen bitirmişti ki; "Soner!" diye kükredi Turan Güneş. "Ben sizin gitmenizi istiyorum. Emir büyük yerden geldi. Şimdi hemen adrese gidin! Ve telefonu kim ettiyse; alın getirin! Hiçbir sorun istemiyorum! Anlaşıldı mı?"

Turan Güneş'in yüksek ses tonu, Soner'in kulaklarını rahatsız etmiş olacak ki; Soner bir ara irkildi ve "Anlaşıldı amirim." dedi. "Biz şimdi hemen oraya intikal ediyoruz."

Telefonu kapatır kapatmaz Yiğit'e dönüp; "Haklı oğlum kız." diye çıkıştı. "Bu devirde polisle evlenilmez. Daha şurada oturup tavla atamıyoruz ulan! Evlensek eve nasıl gideceğiz? Hadi yürü!"

Yiğit; Soner'in konuşmalarını dikkatle dinleyip, "Ne oldu amirim?" diye sordu. "Nereye gidiyoruz?"

"Yolda anlatırım." diye cevapladı Soner. Ve hemen yanlarındaki garsona hesabı ödeyip; kafeyi terk etti.

Uğur Ateş; arabasıyla evinin bulunduğu Sarıyer'e doğru giderken, cep telefonunun sürekli aranmasını bir türlü önleyemiyordu. Çok geçmeden evinin bulunduğu siteye yaklaşınca; cep telefonunu kapatıp, arabanın torpido gözüne attı. Birkaç dakika sonra reytinglerin iyi gelmesinden ötürü programın yapımcısının hediye ettiği son model lüks cipi otoparka indirmiş; dairesinin bulunduğu sekizinci kata asansörle çıkıyordu.

Asansör içindeyken; her ne kadar sitenin güvenliği olsa da kapıyı açar açmaz karşısına birinin çıkacağını hayal edip; kendisini korkutuyordu ki, çok geçmeden asansörden indi ve karşısında hiç kimseyi göremeyince; heyecanı sıfırlandı. Tabii bu sadece asansörün kapısını kapatana kadardı. Asansörün kapısını kapatıp; cebinden ev anahtarlarını çıkarıp, dairenin bulunduğu yere doğru dönünce; heyecanı tekrar tavan yaptı. Heyecanlanmasına sebep olan şey; güzel bir kadın ya da kafasına silah tutan bir manyak değildi. Heyecanlanmasına neden olan şey; evin kapısının hemen önüne bırakılmış kırmızı hediye paketiydi. Ama içinde ne olabileceğini düşününce; heyecanı yerini saf korkuya bıraktı.

İstanbul – 1992

Gaziosmanpaşa'daki küçük metruk evinde sırayla dosyaları ateşe veriyordu Selim. Kendisi hakkında hiçbir şey; ama hiçbir şey bırakmak istemiyordu arkasında. Artık; Selim Serezli diye bir istihbaratçı olmayacaktı yeni hayatında. Arif Usta'yı ve emanetleri de çıkarmıştı hayatından. Şu anda tek düşündüğü; kendi hayatıydı. Üç gün içinde olan bitenleri anlamasa da kötü şeyler olduğunu hissedebiliyordu. Ve Usta diye hitap ettiği adam hakkındaki fikirleri değişmişti. Ama bunlar sakin kafayla ve yapılacak sağlam bir araştırma sonunda ortaya çıkabilecek şeylerdi. Her şeyin hesabını soracaktı. Bunu biliyordu. Cenazede tanıştığı ve onun da Usta'nın talebesi olduğunu anladığı adamın da hesabını soracaktı. Ama hepsinin bir zamanı vardı. Elindeki kağıtlardan son kalanını da tenekenin içinde yanan ateşe attıktan sonra oturduğu yerden kalkıp; masanın üzerindeki siyah çantaya odaklandı. Kızıyla birlikte başlayacağı yeni hayatında lazım olacak belgeleri taşıyacağı siyah çantaya son olarak; Usta'dan kalan sandığı da yerleştirip evden çıkıyordu ki; bir anda unuttuğu bir şey sinyal verdi. Ve kapının önünde çıkmak için hazır beklerken son olarak masanın üzerindeki dinleme aletinden çıkan seslere odaklandı.

Yakup Ali okuldan çıkıp; evine doğru giderken her ilkokul çocuğu gibi koşarak gidiyordu. Ama koşmasının tek sebebi; bu değildi. Anlatacakları vardı babasına. Özellikle de öğretmenin kendisinden aldığı çiçeği ne kadar anlamlı bulduğunu anlatacaktı. Ve tabii hayatını şekillendirecek seçtiği çiçeği de söyleyecekti. Papatyaydı seçtiği çiçek! Annesinin, belki de ölümün yerine koyulabilecek tek şeyin umut olduğunu düşünmüş ve papatyayı seçmişti. Aynen söyleyecekti bunları babasına. Ve kendisine bir papatya vermesini isteyecekti. Gözü gibi bakacağı o çiçeği yetiştirecek ve yapraklarını zevkle koparacaktı. Evlerinin bulunduğu sokağa girince, hızını öyle bir arttırmıştı ki; sırtındaki çanta neredeyse tepesinden aşıp gidecekti. Ama sonra birden evlerinin önündeki kalabalığı fark etti. Tabii kalabalığı uzaklaştırıp; oraya set çeken polisleri de. Bundan sonra olanlar çok hızlı gelişti. Yakup Ali nasıl yaptı bilinmez ama kalabalığın arasından sıvışıp; polislerin kurduğu seti geçerek dükkâna girdi. Bu arada polislerden biri onu durdurmak istemiş; ama sadece sırtındaki çantayı alabilmişti. Ki zaten o çanta da artık Yakup Ali'nin umurunda değildi.

Dükkânın ortasında boylu boyunca uzanmış üzeri gazeteyle kapatılan adama bakıyordu şimdi. Zaman durmuş duygular hissizleşmişti. Çok geçmeden saniyeler süren durağanlık; yerini bir ara umuda bırakınca doğruca cesedin yanına koşup; baş kısmını örten gazeteyi açtı.

Umut yerini gerçeklere bırakmıştı bu defa. Suratının aldığı ağlamaklı ifade; ''Baba!" kelimesiyle birleşti ve gözlerinden yaşlar dökülmeye başladı. Polislerden biri hemen yanına gelip; onu uzaklaştırmak istese de sımsıkı sarılmıştı Osman'a. Sarılmalarının arasından Osman'ın kulağına eğilip; ''Baba." dedi yine. Polis kolundan tutup; onu uzaklaştırırken, artık hem ağlıyor hem de bağırıyordu. "Ölme baba! Sen de ölme baba! Yalvarırım ölme baba! Kalk ayağa! Annem gibi olma! Sen de ölme! Terk etme beni!"

Küçük çocuğun içleri parçalayan yakarışlarını tüm çıplaklığıyla duydu Selim. Evin içinde artık yapacak bir şeyi kalmasa da bir süre evi terk edemedi. Birkaç yıl önce yaşadığı duygunun aynısını yaşıyordu sanki. Karabağ'da Elif Ece'nin kendisine emanet edildiği o gün tekrar çıkmıştı karşısına. Ve o duygunun kendisini tekrar esir edeceğini anlamıştı.

İstanbul – 2012
Bu gece...

Şişli'de Büyükdere Caddesini hızla geçmişti araba. Kırmızı ışıkta bile durmayıp; yoluna devam ederken, "Sireni taktığınız iyi oldu amirim." diye söylendi Yiğit Mirza. "Madem görev büyük yerden geldi. O zaman işimizi ciddiye alalım." diye cevap verdi Soner. Bu arada Büyükdere Caddesi'nden kendilerini Bomonti'ye atan sapağa girmişlerdi.

Verilen adrese giderek yaklaştıklarını fark eden Soner; "Silahının emniyetini aç. Kullanmak durumunda kalabiliriz." diye söylendi bu defa. Yiğit kolunu açık camdan uzatırken; "Amirim Bu Uğur Ateş'i kim neden öldürmek istesin?" deyince; "Dediğimi yap!" diye çıkıştı. "Başak tam adresi söyledi. Kongre Merkezinin hemen arkasındaki tekstil deposundan aramışlar. Bu iş pek şakaya benzemiyor."

Uğur Ateş kapısının hemen önünde duran kırmızı paketi eline alıp; bir süre baktı. Sonra aşağı yukarı sallayıp; içinde ne olduğunu tahmin etmeye çalışırken, bir anda kararlı yapısı ön plana çıktı. "Ve siz çok oldunuz!" diye söylenip; paketi saran kuşağı çözmeye başladı.

Çamurlukları, kızılımsı toprağa bulanmış gri araba dört bir yanını depo ve fabrikaların çevirdiği sokağa girip durdu. Çok geçmeden önce motoru susturup, sonra farları söndürdü Soner. Ve arka beline taktığı tabancayı eline alıp; arabanın kapısını açtı. Bu arada Yiğit ondan önce arabayı terk edip; "Amirim arama tam olarak nerden yapılmış?" diye sorunca; "Ne bileyim ulan! Bunlardan birinde işte!" diye cevap verdi. Sonra yavaş adımlarla karşısındaki depoya doğru ilerlerken; "Bunların hiçbirinde güvenlik görevlisi yok mu?" diye söylenmişti ki; yaklaştıkları deponun tam aksi yönündeki tekstil deposundan bir el silah sesi duyuldu.

"Amirim!"

"Burası! Koş çabuk!"

Çok geçmeden silah sesinin duyulduğu deponun; garaj kapısına benzeyen üzerine Satılık anlamına gelen "S" harfi çizilmiş; koyu yeşil demir kapıyı iki taraftan tutmuşlardı. "Başak'ı ara! Destek göndersin çabuk!" dedi Soner. "Senin bir daha şov programını izlersem; amıma koysunlar benim!" diye mırıldandı ardından. Bu arada Yiğit'te hemen cep telefonuyla merkezden Başak'ı arayıp; destek istedi. Soner'de deponun tozlara bulanmış; camlarından içeride hiç ışığın olmadığını fark etmiş ve arka cebinden el fenerini çıkarmıştı.

Yiğit görüşmeyi tamamlayıp; kendisi de arka cebindeki el fenerini çıkarınca; koyu yeşil kapının aralık olduğunu fark etmeleri uzun sürmedi. Birbirlerine bakışlarının ardından; ikisi de sol elinde fener diğer elinde silah hazır beklerken; "1... 2... 3!" diye fısıldadı Soner. Ve kapıya attıkları tekmenin ardından; ikisi de silahlarını deponun karanlığına doğrultup, "At silahını! Polis!" diye bağırdı.

"**K**orkuttuysam; özür dilerim!"

Uğur Ateş korkusuzca açtığı kırmızı hediye paketinin içinden çıkan nota bakıyordu şimdi. Sadece bu yazının yazıldığı kağıt çıkmıştı içinden. Başka hiçbir şey yoktu kutunun içinde. Saniyeler boyunca tuttuğu nefesi derin bir şekilde bıraktı önce. Sonra; "Allah sizin belanızı versin!" diye mırıldandı.

El fenerinin aydınlattığı ışık sadece terk edilmiş bir depoyu gösteriyordu onlara. İçeride hiç kimse yok gibiydi ki; bir ara gözleri deponun hemen ortasında duran bir cisime takılınca; oraya odaklandılar.

"Hassiktir!"

Bedeni kalın iplerle sandalyeye bağlanmış; kafası önüne düşmüş adamı gördüğünde, Soner'in verdiği ilk tepkisiydi bu. Yiğit'te bu arada deponun açık diğer kapısını fark etmiş; "Amirim. Galiba şuradan kaçmış." diye mırıldanmıştı.

Soner, yavaş adımlarla sandalyeye bağlanmış adama doğru yaklaşırken; "Tuzak olmasın amirim!" diye seslendi Yiğit. Ama Soner aldırış etmeden; yürümeye devam etti. Hislerinin onu çok zor yanılttığı olurdu. Ve bu defada yanılmıyorsa; içindeki ses ona bu adamın öldürüldüğünü söylüyordu. Bu arada bir yandan cep telefonunu çıkarmış; merkezi ararken, diğer yandan da Yiğit'e "Şurayı bir kontrol et! Şalter filan varsa elektriği aç!" diye seslendi. Adamın dibine kadar gelip; önüne düşen kafasını yukarı kaldırdığında ise, yanılmadığını anlamıştı. Az önce sesini duydukları kurşun adamın tam alnını delip geçmişti. İlk bakışta herhangi bir darp izi göremedi Soner. Ama adamın vücuduyla ip arasına bir Karanfil sıkıştırıldığını fark edince; oraya yöneldi. Bu arada telefonuna çıkan Başak'a da "Destek ekibin gelmesine gerek yok. Olay yeri İncelemeyi gönderin. Telefonu da Turan Amire ver!" diye seslendi.

Birkaç saniye sonra Turan Güneş telefonu alınca; "Amirim." dedi. "Şu anda depodayız. İlk geldiğimizde bir el silah sesi duyduk. Hemen içeri girdik ama kim yaptıysa; öbür kapıdan kaçtı. Adamı sandalyeye bağlayıp; öldürmüş. Bir de karanfil bırakmış."

"Ne? Ne karanfili? Kimi öldürmüş?"

"Ölen şahıs otuzlu yaşlarda, tahminen bir yetmiş boyunda, ağırlığı yetmiş beş kilo civarında. Saçları yer yer dökülmüş, ilk bakışta vücudunda darp izi gözükmüyor." dedi. Daha sonra adamın üzerinde kimlik bulmak için üzerini ararken; "Bir saniye..." diye söylendi. Çok geçmeden arka cebindeki cüzdanını bulmuş, kimliğini çıkarmıştı.

"Hassiktir!"

"Ne oldu Soner?" diye sordu Turan Amir. Soner'in verdiği tepki sonrasında; ister istemez heyecanlanmıştı. "Amirim öldürülen şahsın adı Uğur Ateş!"

"Ne?"

"Adamın diğer Uğur Ateş'le alakası yok. Programı mesaj vermek için kullanmışlar. Söylediği sözlerin mutlaka bir anlamı olmalı."

Telefonu dinleyen Turan Güneş'in yüzü şaşkın bir hale bürünmüştü şimdi. Kendini toparladığı ilk anda; "Nasıl?" diyebildi sadece. Bu arada Soner de cüzdanı karıştırırken; dörde katlanmış beyaz bir kâğıt bulmuş onu açıyordu.

Kâğıdı açıp; yazan yazıya el fenerini tutunca; "Duvara bak!" yazısıyla karşılaştı. Yiğit'te tam bu esnada deponun ışıklarını açan anahtara dokunmuş ve sandalyeye bağlanan adamın tam arkasındaki duvarda, büyük yazı ortaya çıkmıştı.

"7 – 1"

Yazıyı okuduktan sonra; "Amirim." dedi kesik kesik. "Öldüren kişi duvara bir not bırakmış."

Yiğit'te ışıkların yanmasıyla ortaya çıkan sayısal işlemi fark edip; "Bir seri katilimiz eksikti." diye mırıldanarak Soner'in yanına geldi.

İki saat sonra...

Tarihi Suriçi' ni boydan boya kesen Bozdoğan Kemerinin üstünde bacaklarını aşağı sallandırmış İstanbul'un eşsiz siluetine bakıyordu adam. Yıllardır biriktirdiği öfkesini bir nebze de olsa atabilmişti bu gece. Babasını öldürenlere, Yedilere karşı ilk hamlesini yapmış ve içlerinden birini Tahtalı Köye göndermişti. Ama diğer altısı hakkında hala hiçbir fikri yoktu. Özellikle de babasını öldüren ''Efendi!'' hakkında.

Selim ona bu intikam yolculuğuna başlamadan çok kısa bir süre önce; en büyük yardımını yapmış ve Yedilerden birinin kim olduğunu söylemişti. Ve bu yardım; bu gece Yakup Ali Karaeren' in başlangıç noktası olmuştu. Uğur Ateş'i öldürmeden önce saatlerce sorgulasa da en ufak bir bilgi kırıntısını elde edememişti diğerleri hakkında. Ve bu da Emanet hakkında söylenenleri haklı çıkarıyordu. Babasına bırakılan o Köstek; insanları büyüleyen ve Köstek' in sahibine koşulsuz itaat edilmesini sağlayan gerçekten de büyülü bir emanet; hatta belki de Şeytan'ın emanetiydi. Öyle olmasa Uğur Ateş; şu ana kadar yüzünü bile görmediği Efendi'sine karşı nasıl bu kadar büyük bir sadakatle bağlanabilirdi ki! Öldürdüğü adamın zihni, Yediler' in diğer üyeleri gibi kontrol altındayken; onu ne kadar sorgularsa sorgulasın hiçbir bilgi öğrenemeyeceğini zaten iyi biliyordu. Ama bu onu hiçbir şekilde umutsuzluğa düşürmezdi. Çünkü; o da Selim'in kendisine bıraktığı ve Efendi'de olmayan emanetin önemli bir parçasını elinde tutuyordu. Ve adı gibi biliyordu ki; Efendi bu gece yaşananları öğrendiği zaman, kendisindeki parçayı ele geçirmek hatta belki de yok etmek için harekete geçecekti. Ve asıl Savaş işte o zaman başlayacaktı.

Yakup Ali bunları düşününce; belindeki silahı çıkarıp şarjörüne baktı. Diğerleri için henüz altı mermisi daha vardı şarjöründe. Bir ara bakışlarını Süleymaniye Camii'sinin insanı büyülen görüntüsüne çevirince; kendisine yaklaşmakta olan ayak seslerini de duydu.

"Daha uygun bir yer bulamadın mı?"

Sarışın saçlarını topuz yapmış; kahverengi karagözlerini Yakup Ali'ye diken ve ona doğru yaklaşan Elif Ece'nin ilk sorusuydu bu. Yakup Ali bakışlarını çevirmeden cevap verdi.

"Yükseklik korkun olduğunu bilmiyordum."

Elif Ece tepkisiz kaldı önce sonra tek bir hamleyle Yakup Ali'nin yanına oturup; bacaklarını aşağı saldı. "Olsaydı bilirdin."

Gülümseyerek Elif Ece'ye döndü Yakup Ali. Ardından "Leyla göbek adın mı?" diye sordu. Elif Ece; "Evet." diye cevaplayınca; devam etti. "Elif ve Ece'den sonra bir adını daha öğrendim o zaman."

İkisinin de gözleri birbirine bakıyordu şimdi. Elif Ece, Yakup Ali'nin sözlerinden sonra gözlerini ondan ayırmadan; "Bence bu gece senin de Yakup Ali'den sonra üçüncü bir adın daha oldu." dedi. Yakup Ali bakışlarını çevirmeden; "Öyle mi? Neymiş o?" diye sorunca; "Daha çok polislerin ve medyanın kullanacağı bir isim olacak bence." diye ekledi.

"Karanfilli Katil!"

İkisi de gülümsüyordu şimdi. Ama bu saniyeler sürdü sadece. Sonra; Yakup Ali bakışlarını tekrar manzaraya çevirdi. Ve Elif Ece yeni bir soru sordu. "Diğerleri hakkında konuştu mu?"

Kafasının olumsuz anlamında sallayıp; "Tahmin ettiğimiz gibi zihni kontrol altındaydı." dedi. "Bugüne kadar Efendi'yi bile görmemiş. O bize hiçbir şey söyleyemezdi."

Elif Ece umutsuz bir şekilde başını öne eğip; "Peki şimdi ne olacak?" diye sorunca; "Babanın söylediği ipucu bu kadardı. Artık onların hamlesini bekleyeceğiz! Er ya da geç onlarda Uğur

Ateş gibi kafalarını kumdan çıkaracaklar." dedi. Sonra bakışlarını uzaklara dikerek; "Ama en sonunda ne olacağını soruyorsan; o çoktan belli." diye mırıldandı.

"Hepsini öldüreceğim!"

KİTAP'IN DEVAM ETMESİNİ İSTİYORSANIZ SATIN ALMA BAĞLANTILARINIZA BİLDİRİN.

OKUDUĞUNUZ İÇİN TEŞEKKÜR EDERİM.

Don't miss out!

Visit the website below and you can sign up to receive emails whenever Yasin Güneş publishes a new book. There's no charge and no obligation.

https://books2read.com/r/B-A-FTEGB-HUSLD

BOOKS 2 READ

Connecting independent readers to independent writers.

Did you love *Şeytan'ın Emaneti - İlk Hamle*? Then you should read *Sil Baştan Aşk*[1] by Yasin Güneş!

[2]

Başrollerinde Serkan ve Menekşe'nin yer aldığı "Sil Baştan Aşk" adlı senaryo, unutulmaz bir aşk hikayesini anlatıyor. Serkan, borç batağında olan ve zor bir durumda bulunan bir adamdır. Bir gün, borçlarını ödemek karşılığında tehlikeli bir deneye katılmayı teklif edilir. Bu deney, insanlar üzerinde yapılan ve ölümle sonuçlanabilecek riskler taşıyan bir deneydir. Menekşe ise, geçmişte birinin ölümüne sebep olduğu için kendini borçlu hisseden bir kadındır. Bu nedenle, o da Serkan gibi bu deneye katılmayı kabul eder.

---

1. https://books2read.com/u/mgy2aX

2. https://books2read.com/u/mgy2aX

"Sil Baştan Aşk", unutulmaz bir aşkın ve insanın zorluklar karşısında nasıl bir araya gelebileceğinin etkileyici bir hikayesini anlatıyor.

Read more at yasin-gunes.com.

Also by Yasin Güneş

Sil Baştan Aşk
Zervan - Doğumu ve Ölümü Belli Olmayan
Start Over Love
Zervan - Birth and Death Unknown
Onlar - İlk Hamle
Satan's Legacy - First Move
Journey of Inspiration - Personal Development Stories
L'héritage De Satan - Premier Geste
Satans Vermächtnis - Erster Zug
Zervan - Doğumu ve Ölümü Belli Olmayan
Şeytan'ın Emaneti - İlk Hamle

Watch for more at yasin-gunes.com.

About the Author

Hikayelerin Dokusunda Kaybolan Bir Rüya Takipçisi

Merhaba, ben Yasin Güneş. Hayal gücümün sınırlarını keşfetmeyi seven, İstanbul'un karmaşık sokaklarında hikayeler arayan biriyim. Küçük yaşlardan beri kelimelerle dans etmek, duyguları ve düşünceleri bir araya getirmek benim için bir tutku haline geldi.

Küçük Bir Rüya Başlangıcı

İstanbul'un kalbinde, renkli ve karmaşık bir çocukluk geçirdim. Sokaklar, binalar ve insanlar arasında kaybolurken, kafamda sonsuz hikayelerin filizlendiğini fark ettim. Okumak, yazmak ve hayal kurmak benim için vazgeçilmez birer hazine haline geldi.

Büyüyen Tutku: Edebiyat

Öğrendiğim şeylerin sınıfların dışında, şehrin kalbindeki yaşamla temas kurarak olduğunu fark ettim. Sokakları, insanları ve olayları gözlemlemek, hikayelerimi şekillendirmemin anahtarı haline geldi.

Hikayelerin Peşinde

Kariyerim boyunca gerçek mutluluğumu kendi hikayelerimi yazarken buldum. Her biri, içimde yatan derin duyguların, hayal gücünün ve düşüncelerin bir yansımasıydı. "Zervan - Doğumu ve Ölümü Belli Olmayan" gibi projelerde, insan doğasının karmaşıklığını, zamanın ötesindeki varoluşsal soruları ve içsel çatışmaları ele alarak kendimi ifade etme fırsatı buldum.

Kişisel Yaşam: Hikayelerin İzinde

İstanbul, benim ilham kaynağım ve ruh eşimdir. Şehrin her köşesinde yeni hikayeler, yeni karakterler ve yeni maceralar keşfetmek için sabırsızlanıyorum. Ayrıca seyahat etmek, farklı kültürleri deneyimlemek ve insanlarla bağlantı kurmak da benim için önemli birer hazine.

Gelecek: Yeni Hikayelerin Peşinde

Yaratıcılığımın sınırlarını zorlamaya devam edeceğim ve yeni hikayelerin peşinden koşacağım. İnsanların kalplerine dokunacak, düşüncelerini harekete geçirecek ve hayal güçlerini besleyecek hikayeler yazmak için sabırsızlanıyorum. Gelecekte, kendi izlerimi bırakacak, unutulmaz eserler yaratma umuduyla ilerliyorum.

Read more at yasin-gunes.com.

www.ingramcontent.com/pod-product-compliance
Lightning Source LLC
Chambersburg PA
CBHW022230170726
47990CB00022B/1008